SPOOKeFFEK

Boek 3

Die slag van Kraken

DAWIE LOUW

Malherbe Uitgewers Publikasie

Outeur: Dawie Louw
Voorbladontwerp: Ria Richards

Geset in Franklin Gothic 12pt

ISBN 978-1-997443-09-4
Eerste Uitgawe 2025

Dinge kom weer aan die gang

Karel skrik wakker, papnat gesweet, soos wat hy die afgelope tyd wakker skrik, 'n paar keer elke liewe nag. Hy sit orent op sy bed en nou weet hy dít wat hy lank reeds vermoed: Hierdie nagmerrie gaan hom nooit met rus laat nie. Dis hier om te bly. Tensy ...

Hy lê weer agteroor en bedink die droom, oomblik vir oomblik, soos wat dit hom snags treiter: Siti op daardie roeibootjie in die nagdonker see van die Golf van Aden en hy, Karel, wat magteloos staan en kyk hoe sy wegdryf na die Tina Barocca en uiteindelik deur die duisternis ingesluk word. Hy roep Siti se naam, so hard as wat hy kan, maar dan, gaandeweg, verander sy geroep in 'n geskreeu. 'n Geskreeu wat hom wakker skud.

Aan die ander kant moet hy hierdie nagmerries ook verwelkom. Want elke droom maak hom meer vasberade om die meisie van sy hart op te spoor, waar sy haarself ook al bevind. Om haar weer in sy arms te hou en vir die soveelste keer te vertel hoe lief hy haar het. Ja, eers dán sal hy van hierdie aaklige drome bevry wees.

Nog 'n vraag wat 'n antwoord soek is of hy, Karel, nie hierdie nagmerries verdien nie? Dis tog hý wat hierdie hele gemors veroorsaak het. Die gemors waarin hy en sy mense nou sit. Hy wóú mos peuter met verskynsels uit kwantumfisika wat hy nie verstaan nie, en heel waarskynlik nooit sál verstaan nie.

Nie net dít nie – 'n ding wat om die verkeerde redes begin kan tog nie goed eindig nie. Ja, destyds het hy die e!Kang's om die verkeerde redes geskep. Om homself teen die !Kang's bende te wreek deur van elke bendelid 'n karakter in 'n rekenaarspeletjie te maak. Karakters wat as San rotstekeninge begin het en hulself uiteindelik by die werklikheid in geteleporteer het en groot drama veroorsaak het.

En noudat hy aan die San-mense dink, die e!Kang's besigheid het hom só meegevoer dat hy homself ook as 'n San-figuur begin sien het. En wel as 'n vriend van Heitsi-eibib, daardie mitiese karakter wat in soveel gedaantes uit die San se voorgeskiedenis bestaan. As 'n halfgod wat die San-mense beskerm het, maar ook een wat 'n ware karnallie en 'n regte poetsbakker was.

Somtyds, as hy so oor alles wonder, het hy gedink dat die einste Heitsi-eibib homself destyds in een of ander gedaante kon ge-transendeer het. Om as medepligtige by hierdie e!Kang's debakel betrokke te raak. Die San het tog millennia gelede reeds die kuns van transendering bemeester.

Dan, as sy gedagtes sulke verspotte draaie met hom loop, tree hy in denkbeeldige gesprekke met Heitsi-eibib en die dialoog wat dan daarop volg, is iets om te beleef. Met Heitsi-eibib wat vertel en Karel wat verstom luister oor wat mense uit die oertyd alles aangevang het.

Sommige van hierdie gesprekke was so realisties dat hy dikwels gewonder het of dit dalk nie hý, Karel, was wat homself terug in tyd ge-transendeer het en werklik 'n gesprek met die halfgod gevoer het nie? Toegegee, sy verbeelding raak soms op hol, maar hoe sal mens nou weet?

Hy onthou die dag toe hy en niggie Zelda daar in die Richtersveld langs die Wondergat gestaan het, op bakoorjakkals e!Ansie se spoor. e!Ansie wat op haar beurt weer daardie twee diamant-smokkelaars Kees Ietmans en Barnabas Bok so afgeransel het.

Hy, Karel, het in die einste Wondergat af gekyk en gewonder watter geheimenisse in daardie donker diepte opgesluit lê? In daardie gat wat by die Namas in die omtes van Kuboes as Heitsi-eibib bekendstaan. As hy daardie dag 'n tou by hom gehad het, sou hy in die gat afgesak het, sy houtbeen ten spyt. Wat nig Zelda natuurlik nooit sou geduld het nie.

Dis ook die dag wat hy besluit het dat, kom wat wil, hy op 'n kol weer langs daai gat sou staan. Hoekom, weet hy nie? Seker om uiteindelik tóg met medepligtige Heitsi-eibib kontak te maak. En natuurlik om die oertyd vir 'n wyle te ervaar, al was dit net vir 'n oomblik.

Toe, asof hulle telepaties verbind is, klingel 'n e-pos van einste niggie Zelda in sy inmandjie.

Wees gegroet, neef Karel.

Jy sal nooit raai waarheen ek op pad is nie! Weer Richtersveld toe, dis waarheen.

Die rede is, dat my baas Bertus my weer daarheen stuur. Om weer verslag te doen oor wat destyds met daai twee diamant-smokkelaars gebeur het, hierdie keer rêrig. Want gerugte daar in die omgewing van Kuboes doen glo steeds die rondte van 'n vreemde gedrog wat die twee smokkelaars sou aangeval het.

Bertus het nooit my verslag van destyds gekoop nie. Hy weet dalk ek het iets probeer toesmeer. Wat ek om verstaanbare redes natuurlik moes doen. Verbeel jou ek skryf oor die twee smokkelaars wat deur 'n bakoorjakkals aangeval is. Een wat vanaf 'n rotstekening deur my nefie Karel in die vorm van 'n energieveld via sy rekenaar die werklikheid in geteleporteer is. Ha-ha-ha. Bertus sou my onmiddellik afgedank en aanbeveel het dat ek in 'n gestig opgeneem word.

Wát ek hierdie keer gaan skryf, weet ek nie. Ek sal maar moet saamspeel, weer afsit Richtersveld toe en intussen aan iets anders probeer dink om te skryf.

So, ek vertrek dan oor 'n paar dae na Alexanderbaai en daarna natuurlik weer na die Wondergat, presies die roete wat ek en jy destyds gevolg het. En jy's welkom om saam te kom. Wat miskien goed sal wees, want dalk trek dit jou aandag so bietjie van Siti af weg. Terloops, jy't nie dalk intussen van haar gehoor nie?

Groetnis en laat weet of jy saamkom?

Nig Zelda.

Karel vryf sy oë en sit agteroor. Is Zelda se boodskap net toevallig of kan sy niggie dalk sy gedagtes lees? Hy antwoord dadelik.

Dankie, Nig. Ek sal laat weet oor die saamgaan. En nee, nie 'n dooie woord van Siti af nie. Maar ons praat weer.

Die ding omtrent Siti dryf my van my kop af, wil hy byvoeg, maar hy doen dit nie. Zelda het haar eie probleme en sy is reeds meer as genoeg bekommerd oor hom, wat Karel is.

Hy staan voor sy kamervenster en met oë wat niks registreer nie, kyk hy uit oor Ouma se fynbos-tuin. Ja, hy moet saam Richtersveld toe, eerder as om homself hier oor Siti te sit en verknies. In elk geval is daar bitter min wat hy op die oomblik aan sy meisie se lot kan doen.

Hy draai terug, tel sy slimfoon op en tik 'n WhatsApp-boodskap aan kaptein Trompie Bopape. Trompie wat by was, die nag daar in die Golf van Aden toe Siti haarself aan Benner en sy pappa Topo oorgegee het. In ruil vir die vrylating van Maria, Trompie se dwelmverslaafde suster.

Hy tik die boodskap, wetende dat hy geen sinvolle antwoord kan verwag nie. Maar dis beter as om so ledig hier rond te sit. Buitendien, Trompie werk deesdae saam met Interpol en wie weet, dalk is daar nuus oor die Tinta Barocca, die jag wat daardie nag met Siti weggevaar het, dieper die Golf van Aden in en toe nugter weet waarheen verder.

Hallo Kaptein, geen nuus oor Siti en die Tinta Barocca nie?

Operasie Kraken

Knop in die keel, bekyk kaptein Trompie Bopape die boodskap op sy slimfoon-skerm. Hy kan dink met hoeveel hoop sy jong vriend Karel, só 'n boodskap moes getik het.

En as hy, Trompie, net ontslae van hierdie skuldgevoel kan raak. Dat dit nou juis sý suster moes wees vir wie Siti haarself geoffer het. Dis nouwel nie sý skuld nie, maar nogtans. As polisieman moes hy immers verwag het dat so iets kon gebeur.

Hy tik 'n antwoord aan Karel: *Nog niks gehoor nie, maar ons gaan haar kry, Karel. Die Tinta Barocca is tans nommer een prioriteit op Interpol se lys. Ons gaan nie opgee nie.*

En, wil hy byvoeg, onthou een ding, sy is nou in Benner se hande. Benner wat smoorverlief op haar is. Onwaarskynlik sal hy haar leed aandoen. Maar hy tik dit nie. Dis sekerlik nie die soort ding wat Karel nóú wil hoor nie.

Toe onthou hy van e!Marli, die e!Kang wat Siti in haar Android by haar het, 'n Dodelike wapen as daar ooit een is. Vraag is net of Siti in staat sal wees om die watermeid te aktiveer, aan boord die Tinta Barocca. Daar is tog 'n kans dat iemand aan boord haar slimfoon sal opmerk en die ding by haar wegneem. Ja, die eerste ding wat 'n man soos Topo sou doen, sal wees om sy gevangene te laat deursoek. Veral daardie Topo wat al so deeglik met die e!Kang's kennis gemaak het.

Trompie verlaat sy kajuit en klim met die trap op na die bodek van die SS Fathia, die gewese seerowerskip wat die afgelope tien dae sy tuiste hier in die hawe van Bosaaso is. Die einste skip wat Siti daardie nag verlaat het om aan boord die Tinta Barocca te gaan. Ten aanskoue van hom, Trompie, Karel en die aanvallige polisievrou Annisa, wat ook aan boord was.

En gelukkig is die einste Annisa, lid van die Puntland Maritieme Polisiemag, oftewel die PMPF, steeds aan boord, hier saam met hom op die SS Fathia. En natuurlik was seerowerkaptein Samatar daardie rampspoedige nag ook teenwoordig. Samatar wat jare lank die see om Puntland met 'n ysterklou regeer het, maar nou, hier op sy eie skip, mak soos 'n lammetjie is.

Nie dat Samatar veel van 'n keuse het nie, want hoewel hy steeds kaptein van die SS Fathia is, staan hy nou onder bevel van Trompie wat, namens Interpol, aan die stuur van Operasie Kraken staan. Operasie Kraken wat een doel voor oë het: die vernietiging van sekerlik die afskuwelikste netwerk in kinderhandel in die ganse Afrika, indien nie in die wêreld nie.

Behalwe die SS Fathia, is 'n paar ander vaartuie hier in Bosaaso ook in diens van Interpol. Die skip is nou wel nie 'n tipiese patrollievaartuig nie, maar dit pas Interpol om so onopsigtelik as moontlik op te tree. Buitendien kan die SS Fathia soos 'n vetgesmeerde blits hier oor die bekende waters om Puntland beweeg.

Later begewe Trompie hom terug na sy kajuit om sy dagverslag te voltooi. 'n Verslag wat hy aan Interpol asook aan sy bevelvoerder in die SAPD, kolonel Bester, moet stuur.

Steeds geen teken van die Tinta Barocca nie.
Wat beteken dat die skip enige plek in die Golf van
Aden kan wees. Of selfs iewers in 'n hawe in Jemen
lê. Selfs in Djiboeti, aan die kus van Afrika. Jemen is
egter onwaarskynlik, want ons uitkykpunte in beide
die hawens Aden en Al Hudaydah, sou die skip al
gewaar het. Dit kon selfs verder noord in die Rooisee
op gevaar het, moontlik onderweg na Djedda in
Saoedi-Arabië. Wie sal weet?

Die opspoor van die Tinta Barocca gaan egter
nie ons grootste probleem wees nie. Soos ons weet,
is die internet die eintlike terrein waar die Kraken-
sindikaat aktief is en om hulle dáár, in die donker-
web, vas te trek, gaan baie dinkwerk en harde werk
verg.

Vir 'n oomblik oorweeg Trompie om die enigste
stukkie goeie nuus omtrent Siti se ontvoering in sy
verslag te vermeld, naamlik dat sy e!Marli op haar
slimfoon by haar het. Maar toe besef hy hoe absurd
dit sal wees Interpol weet niks van die bestaan van
die e!Kang's nie en sal sekerlik besluit sy kop raas.
Buitendien, wie sê die foon is steeds in Siti se besit?

Wat hy ook oorweeg, is om te noem dat hy
eintlik sy tyd hier in Somalië mors. Die enigste rede
hoekom hy ingestem het om saam met Interpol te
werk, is juis om met die opspoor van Siti te help. Om
'n deel van sy skuldgevoel weg te werk. Siti bevind
haar egter lankal nie meer in die omgewing nie en
om hier rond te hang ingeval hulle die Tinta Barocca
opspoor, maak weinig sin.

Aan die ander kant, met Samatar wat nou soos
klei in sy hande is, maak dit wel sin om aan boord

die SS Fathia te vertoef. Dié seerower is tans Interpol se enigste skakel met Somalië se onderwêreld; 'n skakel wat vir Trompie en die hele Interpol goud werd is. En dan is daar natuurlik Annisa wat op 'n ander manier haar vinger op die pols van Somalië se onderwêreld hou.

Ja, hy sal voorlopig aan boord die SS Fathia moet bly, tot verdere kennisgewing. Buitendien, in die wêreld van misdaad, kan enige iets enige tyd enige plek plaasvind en dan is hy ten minste aan boord van 'n blitsvinnige vaartuig met 'n kaptein wat die waters om Puntland soos die palm van sy hand ken.

Toe, om sy dagverslag op 'n positiewe noot af te sluit, tik Trompie die laaste paragraaf: *Al wat ek nou kan doen, is om geduldig te wag. Topo en Kraken sal ons nie vir ewig kan ontwyk nie.* En, soos hy die boodskap afstuur, wonder hy of hy die inhoud van hierdie paragraaf self kan glo?

Later begewe Trompie hom na onder na die kombuis van die SS Fathia. Die kombuis wat ook as eet- en kuierplek vir die bemanning en almal aan boord dien.

En soos hy gehoop het, is Annisa ook daar. Die twee van hulle begin onmiddellik oor die dag se gebeure gesels en Trompie besef dat hy die mooie vrou se geselskap al hoe meer begin geniet. Ja, besluit hy terwyl hy in haar oë kyk, daar is darem een ligpunt hier op die punt van donker Afrika.

Sy glimlag stilweg vir hom en vir 'n oomblik wonder hy of sy gevoel vir haar dalk wederkerig kan wees?

Aan boord die Tinta Barocca

Siti lê, ingehok, in 'n piepklein kajuit aan boord die Tinta Barocca. Dis waar sy ingeprop is, pas nadat sy die vorige nag aan boord gekom het. Sy is nog net 'n uur of so hier in die kajuit, tog voel dit na 'n ewigheid. Alles om haar is grafstil met net die dowwe geklop van die jag se enjins soos wat hulle deur die waters van die Golf van Aden vaar, nugter weet waarheen.

Sy tas in haar toksak rond na haar slimfoon, vir die soveelste keer. Sy klou daaraan soos 'n pasgebore baba wat nie die naelstring wil laat los nie. Dis immers wat die Android op die oomblik vir haar is: een enkele skakel na die lewe en mense wat sy op so 'n aaklige manier van afskeid moes neem.

Sal sy ooit Karel se gesig vergeot, daar onder in die vragruim van die SS Fathia, die oomblik toe hy besef dat sy, Siti, haarself aan die gespuis op die Tinta Barocca gaan oorgee. In ruil vir Maria, kaptein Trompie Bopape se tik-verslaafde suster. Van daardie oomblik af leef sy in 'n dwaal, asof sy haarself op 'n afstand gadeslaan. Asof sy as toeskouer kyk hoe 'n ander Siti 'n rol in 'n gru-film vertolk.

Sy raak weer bewus van die foon waaraan sy so klou. Sy sal vinnig plan met die ding moet prakseer, voor haar ontvoerders dit by haar kry. Benner sal beslis vermoed dat sy die foon by haar het. Dis die enigste troefkaart wat sy het: die foon waarmee sy die watermeid e!Marli kan aktiveer. En, bygesê, wát 'n troefkaart is dit nie. e!Marli wat die lotgeval van die Tinta Barocca en almal aan boord, in háár hande hou. Dis nou as 'n watermeid ooit hande kan hê.

Vir 'n oomblik glip haar gedagtes terug, duisende kilometer suidwaarts, na 'n ander Marli toe. Haar suster daar op Kangoberg, hulle geboortedorp, daar in die Klein-Karoo, 'n plek wat nou voel of dit op 'n ander planeet kon wees. Waarmee sou haar mense op die oomblik besig wees? Behalwe natuurlik om te wonder en te bekommer oor wat van háár, Siti, geword het? Sjoe, dit moet aaklig vir haar mense wees.

Sy sit orent en in die flou skynsel van 'n dakliggie bo haar kop, begin sy soek na 'n plek waar sy die foon kan wegsteek. Sy tas rond, teen die kajuit se afskortings, onder die slaapbank, onder die matras, maar kry geen geskikte wegsteekplek nie. Buitendien, Benner-hulle is nie dom nie. As hulle begin soek, sal hulle beslis 'n een of ander verklikker gebruik.

Sy kry 'n plan en vroetel weer in haar toksak, hierdie keer op soek na 'n stuk hegpleister uit die noodhulpkissie. Toe, vir die eerste keer, skraap sy genoeg moed bymekaar om die deur van haar kajuit op 'n skrefie oop te maak. Sy loer na buite en in die gang, regoor haar kajuit, gewaar sy 'n deur wat effe oopstaan. Tot haar verligting sien sy dis presies waarna sy soek: 'n toilet!

Sy glip die toilet binne, maak die metaal spoelbak oop en heg die foon met die pleister onder teen die deksel vas. Nou kan hulle maar enige metaalverklikker bring, grinnik sy by haarself.

Sy wil terug na haar klein kajuit, maar toe huiwer sy. Sy maak weer die bak oop, haal die SIM-kaart uit die foon, plak die foon weer teen die deksel vas en maak weer die spoelbak toe. Ja, beter as dít, kan sy nie doen nie.

Sy mik weer vir die deur van haar klein kajuit, maar loop haar teen iemand vas: Benner. Hy het haar vir ontbyt kom haal, sê hy en ewe vrypostig probeer hy sy arms om haar sit. Sy wil hom eers met krag wegstamp, maar bedink haar dan en stoot hom net saggies van haar af weg. Nee, om nou teen die prikkels te skop, gaan haar nêrens bring nie.

"Maar voor ons gaan eet, is daar 'n issue wat ons eers moet uit sort. Jou selfoon. Waar's dit?"

"Wat het dit met jou te doen?"

"Dit het alles met my te doen, Siti. Ek weet daai watermeid is op die ding gelaai. En obviously wag jy net vir die regte opportunity om die ding te activate. So, waar's die ding?"

"Vlieg in jou dinges, Benner," sê Siti en druk die SIM-kaart ongesiens in die mou van haar oortrektrui.

"Oukei, as jy dan difficult wil wees, maak ons 'n ander plan. Terwyl ek en jy op die upper deck is, gaan een van die deckhands jou cabin search. Ons sal die ding wel locate. Maar nou moet ek eers 'n body search op jou doen."

Siti wil die man weer bevlieg, maar besluit weereens nee, eerder maar net saamspeel. Haar foon en kaart is vir eers veilig en een of ander tyd gaan sy haar kans kry. Haar en die watermeid se kans. En watter fees gaan dít nie wees nie. Toe, ewe gedwee, laat sy toe dat Benner haar betas en dan met die trappe op na die bodek stoot.

Op die bodek gewaar Siti die son wat pas op die horison verskyn het. 'n Kalm seevlak maak 'n spieël in alle rigtings, behalwe vir die V wat op die water agter die boot aan kloof.

"Hierdie is nie die Rooisee nie," probeer Benner pittig. "Dis die Silwersee."

So, dís dan waar hulle is: in die Rooisee. En gegewe die son wat aan stuurboordkant verrys, vaar hulle nou noord, vêrder weg van haar geboorteland af.

Sy kyk onderlangs na Benner. Liewe hemel, wie staan hier langs haar? 'n Vreemdeling wat onmoontlik die een kan wees wat saam met haar opgegroei het. Daar op Kangokop, 'n plaas in die Karoo, tussen mistige berge op die horison, wye vlaktes met aalwyne en renosterbos en kampe wat wemel van volstruise met lang gekrulde nekke.

"Waar is ons en waarheen gaan ons?" vra Siti.

"Ons hou dit as 'n surprise vir jou," lag Benner. "'n Lekker surprise. Maar first things first. Kom staan hier langs my. Vir ons eerste selfie op hierdie trip. Toe, kom, say cheese."

Sonder meer druk Benner haar teen hom vas en die kamera op sy slimfoon flits. Toe sit hy 'n ferm greep op haar boarm en stuur haar teen die trappe af, nou na die skeepskombuis.

Van die bemanningslede is reeds aan tafel en Siti word openlik aangegaap. Só 'n gesig het niemand aan boord verwag nie. Benner kyk ewe besitlik na Siti, soos 'n man na sy bruid na hulle eerste huweliksnag sou kyk. Siti is honger, maar tog kry haarself nie sovêr om van die vreemde graankos te eet nie.

Sy kyk rond, maar soos te wagte, is Topo nêrens te sien nie. Sy hoogheid word natuurlik ontbyt in sy eie luukse kajuit bedien. En waar sou die ander lede van Kraken se toporde wees?

Toe verskyn daar wel 'n bekende gesig langs hul tafel: Winston. Die mannetjie van die Cape Flats met die sekel-haarstyl kyk smalend af na haar en dan na Benner.

"Ons het haar cabin ge-search," verklaar hy. "Geen smartphone daar nie. Maar ek sal gou 'n body search ook moet doen," sê hy en draai met mening na Siti toe. Die ander in die kombuis kyk in afwagting toe.

"Toemaar," keer Benner, laggend. "Ek het dit klaar gedoen. Nothing to report."

Sonder uitnodiging neem Winston by hulle aan tafel plaas. "Het jy haar al inform?" vra hy. "Dat ons weet hoe om daai slang te operate?"

"Nee," sê Benner, "ek het haar nog nie 'inform' nie."

Siti wonder waarvan Winston praat? Watter slang kan hulle nou 'operate'? Toe tref dit haar en 'n lam gevoel beweeg deur haar hele lyf. Daar kan net een slang hier ter sprake wees en dis waterslang e!Bongi.

Maar dis tog onmoontlik! e!Bongi is wel op Benner se slimfoon, maar om dit te aktiveer, moet mens eers verby daai wagwoord kom. Een wat, volgens Karel, baie moeilik gaan wees om te ontsyfer.

Tensy. Tensy? Tensy!

Noorweë toe

Siti staan weer langs Benner op die bodek van die Tinta Barocca. Sy kyk na die kuslyn wat aan stuurboordkant steeds stadig verbyskuif. Watter kuslyn sou dit wees? wonder sy sonder veel belangstelling. Jemen dalk? Nee, hulle moet verder noord wees, wat beteken dat dit Saoedi-Arabië kan wees. En waarheen verdomp ís hulle op pad?

Asof hy haar gedagtes lees, antwoord Benner. "Oor 'n paar uur gaan ons in Djedda vasmeer. Waar ons 'n baie belangrike passasier gaan optel en dan begin been twee van onse trip."

"Been twee?" vra Siti, steeds met min belangstelling. "Waar gaan been twee eindig?"

"Noorweë."

"Noorweë? Hoekom daar?"

"Dis die surprise wat ek ge-mention het."

"Daai Winston het iets van 'n slang gesê. Wat het hy bedoel?"

"O ja," grinnik Benner, "dis wat ek jou wou vertel. En dis bad news. Vir jou en veral vir Kareltjie. Dis nou as hy dit te hore gaan kom. Wat obviously vinnig gaan gebeur."

Siti staal haarself, maar die lam gevoel in haar lyf is terug, veral in haar bene. Sy gaan sit plat op die dek en wag dat Benner vertel, hoewel sy reeds vermoed wat dit is wat sy nou gaan hoor. En soos hy vertel, word haar nare vermoede bevestig.

"Ja," vertel Benner met geesdrif, "'n lid van die Kraken-sindikaat is 'n Engelse IT maatskappy met die naam DarkSpider. Soos die naam aandui, fokus hulle op die donker-web, daardie verraderlike deel van die internet waar kubermisdaad hoogty fier."

Topo het Benner beveel om sy slimfoon aan DarkSpider te oorhandig sodat hulle daardie tPort wagwoord kan ontsyfer. Wat ook toe gebeur het en waterslang e!Bongi kan nou na willekeur in en uit Benner se foon beweeg word, net soos wat Karel dit kan doen.

"En dis nie al nie," grinnik Benner, "DarkSpider vermoed dat hulle e!Bongi se missie met tPort kan verander. 'n Missie wat Kraken sal pas en by hul doelwitte sal inskakel. Soos byvoorbeeld om húlle wat die seelewe stroop, te beskerm eerder as om hulle aan te val." Benner lag. "Dink net aan al die goed wat Topo en Kraken nóú met die waterslang kan aanrig."

"Dit lieg jy!" gil Siti en spring orent. "Op geen manier sal julle verby Karel se wagwoord kom nie. Wat nog van e!Bongi se missie verander? Nee, dude, jy vat 'n vet kans. Jy probeer my net bangmaak."

"Wel," sê Benner, ewe kalm, "ons gaan jou binnekort bangmaak, my dear, baie bang. Jy gaan self sien hoe ons die slang in en uit my smartphone project."

"Goed," daag Siti, "wys my sommer nou. Ek kyk graag wat jy met die waterslang kan doen."

"Nee, ek het nie my smartphone by my nie. Dis nog by DarkSpider."

Siti sit weer plat op die dek met haar gesig in haar hande gedruk. Wat sy nou gehoor het, kan nie waar wees nie. Mág nie waar wees nie. Benner lieg, dis wat hy doen. Sy hoor hom verder praat.

"Nou, die passenger wat ons in Djedda gaan oppik is 'n dude met die naam Brady. Hy's een van DarkSpider se boffins. Dis hý wat my smartphone het en dis hý wat Kareltjie se password ge-bypass het. Dis ook hý wat scheme hy kan die waterslang se mission met tPort verander."

"Hou jou bek, Benner. Jy lieg en jy weet dit."

"Wel, ons sal gou sien wie lieg en wie nie. Die eerste ding wat Brady gaan doen, is om 'n e!Bongi demo vir jou te gee. En weet jy wat? Die naam e!Bongi sal ook verander moet word."

"Wat bedoel jy?"

"Net wat ek sê. Topo weet presies waarin hy e!Bongi verander wil hê. En let me tell you, as Brady klaar is, gaan die waterslang so effens anders lyk."

"Anders lyk? Hoe anders?"

"Wait and see."

Laatnag lê Siti in haar klein kajuit, helder wakker. Sy dwing haarself steeds om te glo dat Benner lieg, maar nou besef sy dis nie so nie. Hulle is op die vooraand van 'n helse gemors. En dis in 'n groot mate háár skuld. Sy kon daai foon van Benner waarop die waterslang is, al lankal in die hande gekry het.

En wat wag nou? Waarin gaan hierdie spul skurke die waterslang verander? Nugter weet. Om verder te lê en raai, sal tydmors wees. Karel is die enigste een wat sal weet wat hulle nou te doen staan. Karel wat teen hierdie tyd seker reeds terug op Kangoberg is.

Noudat sy daaraan dink, Karel moes eintlik nou hier op die Tinta Barocca gewees het. Hy moes homself saam met haar oorgegee het. Saam sou die twee van hulle veel beter van 'n kans gestaan het. Maar gedane sake het geen keer nie en terugblik is 'n baie eksakte wetenskap. Dis altyd maklik om na die tyd slim te wees.

En, wonder sy, is sy nie besig om tyd te mors nie? Wat daarvan sy kry haar selfoon in die hande, aktiveer e!Marli en laat haar los hier op die donker Tinta Barocca. Dink net aan al die pret wat die watermeid met hierdie spul kinderhandelaars sal hê!

Ja! Hoekom nie? Wanneer gaan daar weer 'n kans soos hierdie kom? Met Topo en waarskynlik Kraken se hele opperbevel binne bereik. Alles kan binne minute verby wees, met die wêreld daarna 'n veel beter plek.

Aan die ander kant, sy wat Siti is, het geen waarborg dat sy e!Marli na die tyd onder beheer sal kry nie. Die watermeid kan die Tinta Barocca verwoes en daarna ontsnap om haar missie teen kinderhandel elders voort te sit. Dis tog waarvoor Karel haar geprogrammeer het.

Nee, sy sal moet wag. Die regte oomblik om e!Marli te aktiveer, sal wel aanbreek. Geduld is die ding wat nou nodig is. En so gepraat, sy moet 'n waarskuwing by Karel kry, soos in vinnig. Hy moet weet wat aangaan sodat hy intussen plan kan maak. Daai slim dude sal weet wat om te doen, al sit hy duisende kilometer vêrder suid, so te sê op die punt van hul geliefde donker kontinent.

En hoe gaan sy die waarskuwing by hom kry? Net een manier, en dis met haar selfoon. Dis te sê as daar ooit 'n sein iewers hier in die verlate Rooisee gaan wees. Wel, daar's net een manier en dis om uit te vind. Sy voel aan haar heup, daar waar sy die SIM-kaart intussen met hegpleister vasgeplak het. Nou moet sy in die toilet oorkant die gang by haar foon in daai spoelbak uitkom.

Sy maak die kajuit se deur op 'n skrefie oop en loer na buite. Dis doodstil in die donker gang en sy glip die toilet binne. Sy laai die SIM-kaart en tot haar blye verbasing, wys daar 'n hele klomp groen strepies op die skerm. Wat net een ding beteken: die Tinta Barocca moet nou naby Djedda wees waar daar selfoonseine in oormaat is.

Sy druk op Karel se nommer, maar lui onmiddellik weer af. Nee, as sy nou praat, kan iemand haar hoor en dan is dit neusie verby. 'n SMS is nou die enigste opsie en sy begin tik, vinnig, want terwyl haar foon aangeskakel is, kan dit maklik deur ander selfone opgespoor word.

Liefste Karel, ons is in die Rooisee naby Djedda en ek's oukei. Maar slegte nuus: Kraken het tPort se wagwoord ontsyfer en hulle (DarkSpider) sê ook hulle gaan e!Bongi verander. Na iets wat Kraken sal pas. Moenie my bel of SMS nie. Lief jou erg. Xxx

Dinge lol op Kangoberg

Vroegoggend lees Karel Siti se SMS, oor en oor, erg verward.

Sy meisie is dankie tog oukei, maar wat de hel is dit met tPort se wagwoord wat gekraak is? En e!Bongi wat verander gaan word? Na wat toe? En vir hoe lank gaan Siti nog oukei wees? Tussen al daai spul skurke.

Hy stap uit in die tuin en luister hoe hordes voëls die nuwe dag met 'n uitbundige gekwetter verwelkom. Moet wonderlik wees om 'n voël te wees, besluit hy: sorgeloos en vry met altyd rede om vrolik te wees.

Hy sit op 'n tuinbank, haal sy slimfoon uit en begin 'n boodskap aan Siti tik. Maar dan onthou hy dat sy nie gekontak wil wees nie. Natuurlik, haar foon is seker iewers aan boord versteek en dit sal fataal wees as die ding begin lui. Sy het die foon se klank natuurlik afgedraai, maar mens weet nooit.

Hy maak sy oë toe en sien haar weer op daardie roeiboot, in die stikdonker nag op pad na die Tinta Barocca toe. Sal hy daai toneel ooit uit sy geheue gewis kry?

Hy google die woord DarkSpider en hordes skakels verskyn, onder andere een wat dadelik sy aandag trek. Hy volg die skakel en kom by 'n kort beskrywing uit. Een wat sê baie onsekerheid heers omtrent wat en wie hierdie DarkSpider is, maar 'n sterk moontlikheid is dat dit na een van die berugste misdaadgroepe in die donker-web verwys.

Ja, dit maak sin. Wat net een ding beteken en dit is dat e!Bongi, die waterslang, waarskynlik op pad is om 'n ongure karakter in die donker-web te word. En kanse is goed dat hierdie DarkSpider deel van Topo se Kraken-sindikaat kan wees. Wat ook beteken dat nuwe weergawes van die e!Kang's moontlik kan verskyn. e!Kang's wat deur en deur op misdaad ingeskakel gaan wees.

Sjoe, die oomblik as hy dink dinge is so sleg as wat kan kom, gaan dit nóg slegter. Hy hoef ook nie lank te wag vir die volgende slegte ding om sy weg langs te kom nie. Want iemand met 'n donker gesig staan by Ouma se tuinhek: Marli, Siti se jonger suster. Karel hink na die hek, laat Marli in en woordeloos stap die twee na die tuinbank toe.

Toe, steeds sonder om 'n woord te sê, hou Marli haar slimfoon na Karel uit. Daar's twee gesigte op die skermpie: dié van Siti en Benner, met die brug van 'n skip op die agtergrond. Op die brug maak Karel 'n paar letters uit: Tinta Ba...

"Wat gaan hier aan, Karel?" fluister Marli. "Ons hoor niks van Siti nie. Twee dae en geen enkele woord van my sussie nie. Ek en my ouers is besig om mal te word."

Karel haal diep asem. Net nie nou paniekerig raak nie, maan hy homself.

"Praat met my, Karel?" por Marli. "Wat weet jy? Jy en daai dude met die wit Polo het haar tog daar in die Kaap gaan aflaai? By die lughawe. Op pad na

UNICEF toe. In Jemen. En wat se naam is dit dié?"
Marli druk driftig met die voorvinger op die selfoon
se skerm. "Watse Tinta Ba... is dit hierdie?"

Karel haal weer diep asem. Wat nou? Tog dink
hy aan iets om te vra. "Wanneer het jy hierdie SMS
ontvang?"

"Vanoggend vroeg. Van Benner se selfoon af.
Sonder enige boodskap by. So, waar de bliksem is
my sussie, Karel? Sy en Benner Buys? Jy weet iets,
ek kan sien."

Karel soek woorde, kry niks. Toe, genadiglik, lui
sy foon met Trompie se gesig op die skerm. Karel
spring op, stap 'n ent weg en praat gedemp in sy
foon. "Nee," sê hy vir Trompie, "ek het nie die foto
van Siti en Benner ontvang nie, maar sussie Marli
het wel. En 'n paar ander mense seker ook. Ek kan
ongelukkig nie nou verder praat nie, ek skakel terug,
sodra ek kan."

Hy stap skoorvoet terug na waar Marli hom op
die tuinbank inwag. Hy staal hom vir 'n volgende
tirade, maar dan merk hy die meisie se bui het
verander. Sy is nou meer bedaard, dankie tog.

Sy kom voor hom staan. "Goed, Karel, ek gaan
nou, maar jy beter vinnig antwoorde van iewers af
kry. Oor waar presies Siti is en wat sy by daai
donderse Benner doen? Ook oor 'n paar ander
snaakse goed wat ons hoor die afgelope tyd gebeur
het. Kry daai antwoorde, dude, want die volgende ou
wat die vrae kom vra, gaan my pa wees."

Toe is Marli weg en Karel bly alleen op die
tuinbank agter. Wat nou? Waarheen nou? Wat sê hy
en wat nie? Hy stap 'n draai deur die tuin en probeer

tevergeefs sy gedagtes agtermekaar kry. Net die wete dat, wat hy ook al vir wie gaan sê, dit nie die waarheid mag wees nie. Ja, hy hoor al hoe hy die skuld op die e!Kang's pak. Gedrogte wat hyself geskep het. Hy sal dan summier in 'n gestig opgesluit word, vir baie lank.

Toe, asof hy nie vanoggend al genoeg gehad het nie, roep daar weer 'n stem van die tuinhek af en dié keer is dit Benner se sussie, Ansie, wat daar staan. Sjoe, vanoggend het hy nie 'n tekort aan besoekers nie. En dit nog voor ontbyt.

Die blonde meisie neem langs Karel op die tuinbank plaas, asof die twee van hulle die ontmoeting so afgespreek het. "Jy weet seker hoekom ek hier is, Karel?" vra sy, ewe kalm, met daai fyn stem van haar.

Hy knik ja en sy gaan voort. "Dan weet jy ook van al die stories wat die hele Kangoberg vol lê? Oor vreemde goeters wat glo oraloor gebeur het, helder oordag. Waarby jy, Siti en Benner glo betrokke is. Goeters wat geen mens met verstand kan glo nie."

Ja, dink Karel, die e!Kang's se reputasie neem toe, veel vinniger as wat hy verwag het. Hy hoor Ansie verder praat. "Ek is nie hier om jou uit te vra nie, Karel. Of om dinge moeiliker vir jou te maak nie. Nee, dis Benner, my broer, wat hier betrokke is en as dinge verkeerd uitdraai, is dit ek en my familie wat daaronder kan ly, of Benner nou 'n aangenome kind is of nie."

Ansie leun nader en sit haar hand op Karel se arm. "Hoe minder ek en my ouers van hierdie vreemde besigheid weet, hoe beter. Ons sal buitendien nie kan help nie, daarvan is ek seker. Maar jý kan natuurlik help, Karel. En as ek, Ansie, jóú in die proses ook kan help, weet jy waar om my te kry."

Toe, soos Marli vroeër die oggend, is Ansie weg. Wat 'n ongelooflike meisiekind, besluit Karel vir die soveelste keer. Hoe op aarde kan só 'n meisie 'n skurk van 'n broer soos Benner hê? Maar dan onthou hy Ansie se woorde van vroeër: "of Benner nou 'n aangenome kind is of nie."

Later stap hy kombuis toe, sit aan by die eettafel en bekyk sy ouma wat voor die stoof met ontbyt doenig is. Wat sou die waardige ou vroutjie van hom dink? wonder hy. Van hierdie bedrywige kleinkind van haar wat homself met allerhande vreemde goed besig hou sonder om te vertel wat dit is?

Ja, hy wens hy kon Ouma in sy vertroue neem, maar waar begin hy? Hoe op aarde verduidelik hy iets soos die e!Kang's aan iemand soos sy ouma? Hoe verduidelik hy dit in elk geval aan enige iemand? Toe, asof sy presies weet waaraan hy dink, begin Ouma praat.

"Ek het jou van die begin af gewaarsku teen die goed waarmee jou oupa daar in die kelder besig was, Karel. Wát jy alles uitgevind het, weet ek nie en ek wíl ook nie weet nie, maar ek hoor nou dinge loop skeef. Nee, dis meer as skeef, dis eintlik rampspoedig. Net die feit dat jy nie meer universiteit toe gaan nie, is al 'n ramp."

"Ek weet dit, Ouma, maar dit kan nie anders nie. Ek moet eers hierdie gemors uitsorteer."

"Ek het gister lank met Zelda oor die foon gepraat. Ons dink al twee jy moet so gou moontlik wegkom hier uit Kangoberg. Hier waar alles begin het."

"Ek wil nie weghol nie, Ouma. Dis ék wat alles begin het."

"Dis nie weghol nie, my kind. Kom net op 'n plek wat waar jy jou kop weer kan regkry. Jy kan altyd later terugkom Kangoberg toe. Hierdie is jou ouerhuis en jy weet dit."

"Dankie, Ouma."

"Zelda sê sy't jou saamgenooi, weer na die Richtersveld toe. Wat sy daar gaan doen, weet ek nie, maar ons al twee dink jy moet saam."

e!Kraken

Benner sit by Topo en Winston op die bodek van die Tinta Barocca, net buite die hawestad Djedda. Hy beskou die plat kuslyn van Saoedi-Arabië wat in beide rigtings die oneindigheid instrek.

Topo is aan die woord. "Jy sê hierdie girl, Siti, het nie 'n selfoon by haar nie, Benner? I do not believe it."

"Ons het oral gesoek," kom Winston by. "Met 'n metal detector en niks gekry nie. En as mens haar nommer bel, gebeur daar ook niks."

"Ek het even 'n body search op haar gedoen," spog Benner. "Niks."

"Daai girl is nie stupid nie," grom Topo. "Sy steek daai selfoon iewers weg. And if that is the case, gaan julle twee dit regret."

Benner kyk onderlangs na Winston. Die uitdrukking op die dude se bakkies weerspieël die vrees wat hy, Benner, ook vir grootbaas Topo het. Al is die hierdie einste grootbaas Topo dan ook sy pa. En as Siti haar foon, en by implikasie een van die e!Kang's, iewers wegsteek, kan die hel hier aan boord die Tinta Barocca enige oomblik losbreek.

"Hierdie e!Kang's besigheid," gaan Topo voort, sonder die tongklap waarmee die San die naam sou uitspreek. "Waar staan ons met die ding? Jy sê DarkSpider kon verby daai password kom?"

"Dis wat hulle sê," verduidelik Benner. "Maar ons sal wel sien as hulle man, Brady, aan boord kom."

"Nou," gaan Topo voort en kyk met koue oë na Benner. "Jy wil Norway toe. Of all places. Hoekom?"

Benner verduidelik en Topo, sowel as Winston, luister aandagtig. "My plan is om die waterslang in 'n inkvis te verander. Want dis wat die mitiese Kraken tog is: 'n reuse-inkvis. Een wat die Vikings eeue gelede in Noorweë teëgekom het. 'n Magtige inkvis met grenslose kragte, genoeg om massiewe seilskepe met sy reuse-tentakels te omhels en te vernietig. En," sluit Benner af, "dink net wat Topo en sy Kraken-sindikaat met so 'n e!Kang kan doen!"

Benner sien onmiddellik dat sy idee 'n treffer is. Topo lyk beïndruk en Winston duidelik jaloers. Veral toe die dude met die sekel op sy kop se volgende vraag kom. "Hoekom al die pad Norway toe? Brady kan die slang tog enige plek in 'n squid convert?"

Benner is egter gereed vir die vraag. "Hy kan seker, ja, maar hierdie gaan nie sommer enige squid wees nie. Dit moet authentic wees, so na as moontlik aan die original Kraken. Daardie een wat die Vikings destyds daar in een van Noorweë se fjords observe het."

"En," gaan hy voort, "julle moet onthou dat die Kraken-tema nie oorspronklik is nie, ongelukkig nie. Google net die naam en kyk hoeveel verhale en rekenaarspeletjies om die einste tema gebou is. Nee, julle moet onsself onderskei, anders is julle net nóg 'n Kraken. En wat gaan dít julle in die sak bring?"

Benner kyk weer onderlangs na Topo en sien dat hy nou 'n ses geslaan het. Met Topo wat by die minuut al hoe meer beïndruk lyk.

Die Mafioso kom orent en draai na Benner. "Go for it. Die Tinta Barocca depart môre met julle Norway toe. Ek en my Kraken executive team klim anyway hier in Djedda af." Hy draai na Winston. "En jy gaan saam, Norway toe. Jy en Brady."

"En Siti?" vra Benner. "Is dit OK as sy ons join?"

"Ja," knik Topo, "dis oukei, Siti kan saam, 'Norway' toe." Toe draai hy vir oulaas terug na Benner. "Hierdie squid wat jy wil laat maak. Die Kraken. Het jy al 'n naam vir die ding?"

"Ja," sê Benner, "maar die naam is nie juis original nie." Toe, met 'n tong wat van sy verhemelte af klap, soos dié van 'n wafferse San, spreek hy die naam uit.

"Dis e!Kraken."

Die volgende dag klop die dieselenjins van die Tinta Barocca deur die kalm waters van die Rooisee noordwaarts, rigting Suezkanaal. Dan sal hulle weswaarts deur die Middellandse-See vaar, deur die straat van Gibraltar, noord deur die Engelse-kanaal, die Noordsee en dan wag die fjorde van Noorweë aan hul stuur-boordkant.

Benner staan op die skip se brug, langs die kaptein, skouers ewe trots teruggetrek, amper soos dié van 'n admiraal met sy vloot op pad om 'n nuwe gebied te verower, net soos die Vikings van destyds. Want dis presies wat gaan gebeur as sy plan met e!Kraken slaag. Naamlik dat sy status in sy pa se Kraken-sindikaat aansienlik verhoog gaan word.

Na sy gesprek die vorige nag met bleeksiel Brady, voel hy veral goed, want die kuberkraker, 'n IT-boffin as daar ooit een is, kon toe inderdaad verby die wagwoord van Kareltjie se program tPort kom. Brady kon dit demonstreer deur e!Bongi vir 'n sekonde vanuit Benner se slimfoon teen die wand van die Tinta Barocca se vragruim te reflekteer en toe, genadiglik, kon hy dit weer terug in die foon plaas.

Nou is dit net 'n kwessie van tyd, het Brady belowe. As hy 'n deeglike studie van daardie inkvis in die fjord in Noorweë gemaak het, is hul koppe deur. Dan kan hy die waterslang se struktuur en gedrag stap vir stap na dié van 'n inkvis verander.

"En," het hy voorts belowe, "die eindproduk gaan iets wees om te aanskou. Dink net," het die bleeksiel in vervoering gesê: "'n kragtige energie-veld in die vorm van die grootste inkvis wat ooit bestaan het, immuun teen enige aanval van enige aard deur enige wapen. Inderdaad 'n inkvis sonder weerga."

Toe, vir die eerste keer, het Benner met 'n skok besef dat hulle nou te vêr gaan, helemaal te vêr. Met so 'n onvernietigbare monster van 'n inkvis. Hy het egter dadelik weer anders besluit. Nee, hulle gaan nie te vêr nie. Hier is baie op die spel. Met e!Kraken as sy troefkaart, is hy wat Benner is, tot enige iets in staat. Soos om eendag pappa Topo as baas van die sindikaat op te volg wat hom uiteindelik die magtigste Mafioso ter wêreld kan maak. En alles wat daarmee saamgaan, soos byvoorbeeld 'n skone Siti vir altyd aan sy sy.

Maar wat Siti betref, weet hy ook, wag daar nog harde werk. Sy gaan beslis nie ewe gedwee in sy arms beland nie. Sy is duidelik steeds kwaai verlief op daai Kareltjie en dit gaan nie oornag verander nie. Hy sal net geduldig moet wag en hoop dat dinge met tyd sal verander. Wat nie 'n probleem behoort te wees nie, want as daar een ding is wat hy van nou af gaan hê, is dit tyd.

Wat meer is, al sal sy dit nie gou erken nie, is hy seker dat Siti iets vir hom voel. Iets meer as net vriendskap. Want het sy hom nie reeds twee keer uit vrye wil gesoen nie? Ja, natuurlik het sy: een keer daar onder daardie peperboom in die Karoo en die tweede keer in die vragruim van die seestroper skip die Navio Pirata, pas nadat hy waterslang e!Bongi op sy slimfoon vasgetrek het. Ja, daai twee soene, wat hy nooit sal vergeet nie, is iets om mee te werk.

Hy klim met die trappe van die brug na benede, tot voor Siti se kajuit. Waarin sy haarself toegesluit het vandat die Tinta Barocca Djedda verlaat het. Hy druk sy oor plat teen die deur van die kajuit met die hoop om iets te hoor. Soos Siti wat oor haar foon met iemand praat, want hy weet steeds dat sy vir seker die ding iewers wegsteek.

Hy hoor egter niks en klop dringend aan die deur. "Jy kan nie heeltyd hier wegkruip nie, Siti. Kom, jy mis baie. Ons is nou amper by die Suezkanaal. Kom kyk, dit gaan experience wees om deur die ding te vaar."

Hy kry egter geen reaksie nie, trek sy skouers op en klim teen die trap op, terug na die brug. Ja, troos hy homself, die meisie sal wel op 'n kol weer haar verskyning uit daai donker kajuit moet maak.

Terug na die Wondergat

Die ligte vliegtuig met Karel en Zelda aan boord dreun rigting noordwes oor die Richtersveld.

Karel beskou die landskap wat onder die tuig verbyrol, met die Oranjerivier wat, vêr na benede, 'n blink streep oor die verlatenheid trek. Hulle het Johannesburg 'n uur of wat gelede verlaat en Alexanderbaai kan nou nie meer te vêr wees nie.

Sy gedagtes gaan terug na sy en Zelda se vorige besoek aan die woestyn en besluit, ja, die geskiedenis word hier herhaal. Hy kyk onderlangs na Zelda, die stomme niggie van hom wat met 'n groot probleem sit.

"Wat gaan jy skryf, Zelda?" vra hy. "Vir die koerant? Oor e!Ansie?"

"Die waarheid," terg Zelda. "Dat sy een van my nefie Karel se e!Kang's gedrogte is. Nee, grappies eenkant, al wat ek kan doen, is om die gerugte oor die bakoorjakkals met die San se voorgeskiedenis te verbind. Soos deur te sê ja, die rotstekening is wel op verskeie plekke gesien, maar heel waarskynlik deur waarnemers wat in 'n toestand van beswyming was. Beswyming en transendering is tog deel van die San se oeroue tradisies. Almal weet dit."

"Sjoe, Zelda, ek weet nie of dááí storie sommer sal vlieg nie. Maar ja, wat anders kan jy doen?"

"Ja," sê Zelda, keep tussen die oë, "wat anders? Maar," verander sy van rigting, "jy wou my nog vertel van jou laaste gesprek met speurder Trompie? Is hy nog daar in Somalië? By Interpol?"

"Hy is, ja. En die jongste nuus is dat die Tinta Barocca gister deur Suezkanaal gevaar het, noordwaarts, vermoedelik van Djedda af. Hulle weet egter nie wie nou almal aan boord is nie. Topo en van sy passasiers kon in Djedda aan wal gegaan het."

"Die Suezkanaal? Waarheen sou die Tinta Barocca op pad wees? En dink jy Siti is nog aan boord?"

"Wens rêrig ek het geweet."

"Het jy sovêr net die een boodskap van haar gekry? Wat sê dat Benner-hulle tPort se wagwoord ontsyfer het?"

"Nee, ek nog een gekry. Wat nie veel gesê het nie. Net dat dit gewaagd is om haar foon te veel aan te skakel en dat haar foon se battery buitendien nie meer lank sal hou nie."

"Ja, en hoe gaan sy dit gelaai kry as sy die ding heeltyd moet wegsteek?"

"Dinge lyk slcg," sê Karel en probeer tevergeefs om die selfverwyt uit sy stem te hou.

'n Halfuur later land die vliegtuig op Alexanderbaai se lughawe en met dieselfde ou viertrek wat hulle laas gehuur het, ry hulle noordooswaarts, rigting Kuboes. Hulle boek in by 'n gastehuis, sê vroegaand nag vir mekaar en toe is hulle bed toe.

Maar twintig minute later klop Karel aan Zelda se kamerdeur en sonder om 'n woord te sê, hou hy sy selfoon uit na haar. Zelda lees. *Ek en B is op die T Barocca. Ook iemand van DarkSpider. Ons gaan Noorweë toe. Iets met Kraken te doen? Lief jou. xxx*

Daardie nag lê Karel helder wakker. Noorweë? Kraken? DarkSpider? maal dit deur sy kop. Eers in die vroeë oggenduur kry hy 'n moontlike rede vir Siti se raaiselagtige boodskap. 'n Absurde rede, maar ook die enigste een wat daar is, want die Kraken mite verwys tog na 'n inkvis wat die Vikings in die oertyd in Noorweë sou gewaar het.

So, is dít dan waarmee Benner-hulle besig is? Om, met die hulp van DarkSpider, waterslang e!Bongi in 'n inkvis te verander? Om, onder andere, die krag van Topo se Kraken-sindikaat simbolies te bevestig? Nee, dit kan tog nie wees nie. Maar daar is tog geen ander verduideliking nie, dis tog al hoe hy Benner-hulle se vreemde rit na Noorweë kan verklaar.

Toe, asof dit sy vermoede wil bevestig, klingel nog 'n boodskap in sy selfoon, die keer van speurder Trompie Bopape af: *Ons volg steeds die Tinta Barocca se bewegings via Benner se selfoon GPS. Hulle vaar tans deur die Noordsee. Weet nog nie waarheen nie? Het jy weer iets van Siti gehoor?*

Ja, antwoord Karel. *Hulle is op pad Noorweë toe. Om 'n monsteragtige kopie van Kraken te ontwikkel. Ek hou jou op hoogte.*

Soos 'n paar weke gelede, staan Karel langs Zelda by die Wondergat van die Richtersveld.

Hy kyk af in die donker dieptes van die gat en vir die hoeveelste keer wonder hy wat omtrent die plek hom so fassineer? Dit staan nou wel bekend as 'n wondergat, maar dis asof daar 'n dieper geheim lê en wag om ontbloot te word. 'n Geheim bo en behalwe Grootslang wat volgens die Namas, die gat bewoon en bewaak.

"Die plek fassineer jou," hoor hy Zelda sy gedagtes lees. "Seker omdat dit dieselfde naam as jou held Heitsi-eibib het?"

"Kan wees," lag Karel. "En weet jy wat? Ek het 'n tou saamgebring. Ek wil afsak ondertoe, tot op die bodem. Dalk wag Grootslang daar vir my. Of dalk nog Heitsi-eibib self."

"Jy't 'n wát saamgebring?" grom Zelda. " 'n Tou? Om mee af te sak? Oor my dooie liggaam."

"Sorry Nig, maar jy gaan my nie keer nie."

Toe, sonder meer, haal Karel 'n katrol met vislyn uit sy baadjiesak, haak sy slimfoon aan 'n vishoek aan die punt van die lyn, swaai dit oor die gat se opening en katrol die foon stadig in die diepte af.

"Die foon se videokamera is aangeskakel," verduidelik hy aan Zelda wat oopmond staan en toekyk. "Die flitslig ook. Soos dit afsak ondertoe, lê dit alles op video vas, al die pad, in 3D. Ons sal binnekort weet of Grootslang werklik bestaan. En dalk selfs 'n nes daaronder het."

"Baie slim," komplimenteer Zelda. "Veel beter as om self in die gat af te foeter en deur Grootslang opgevreet te word. Wanneer het jy die idee gekry?"

"Net nadat jy my saamgenooi het hierheen," sê Karel en voer steeds die vislyn stadig af na onder. "Die video gaan egter bietjie rukkerig wees, want die foon bots heeltyd teen die wand van die gat. Maar ons sal steeds baie kan sien."

"Wanneer kan ons die video kyk?" vra Zelda, nou onmiddellik weer die nuuskierige joernalis. "Vanaand?"

"Ja, maar dis 'n 3D video en op my foon sal dit uit fokus wees. Ek moes 'n 3D-kopstuk saamgebring het. Wat ek nie gedoen het nie."

"Dis jammer," sê Zelda, afgehaal. "En weet jy wat? Ek weet nie hoekom nie, maar ek het 'n voorgevoel daar wag 'n verrassing op ons. In hierdie gat."

Karel knik, hy het dieselfde voorgevoel. Daar wag 'n verrassing op hulle, 'n groot verrassing. Die geheime van die Wondergat is nog lank nie ontbloot nie, nie eens naastenby nie.

Siti maak plan

Aan boord die Tinta Barocca, lê Siti op die smal bed in haar donker kajuit. Is dit dag of is dit nag? wonder sy, sonder veel belangstelling in 'n antwoord.

Sy kom orent, maak die deur van haar kajuit oop en luister. Stilte, net weer die dieselenjins van die skip wat steeds ritmies op die agtergrond klop. Waar sou hulle nou wees? Reeds in die Noordsee dalk? Ja, kan wees, want hulle het al 'n hele paar dae gelede deur die straat van Gibraltar gevaar.

Wat net een ding beteken. Sy sal weer haar selfoon moet aktiveer. Om daardie broodnodige sein uit te stuur vir Trompie en Interpol om die Tinta Barocca op hulle GPS-stelsel te volg. Maar toe tref dit haar: nee, Trompie sal weet dat sy nie haar selfoon aangeskakel durf los nie. Hulle sal veel eerder 'n GPS sein op iemand soos Benner se foon volg. Dit maak sin.

Sy lê weer op haar slaapbank en teësinnig dink sy aan hul laaste gesprek met Topo, die dag voordat hulle op hierdie reis na Noorweë vertrek het.

Dit was eintlik 'n gesprek tussen Topo, Benner en Winston, maar sy was toevallig by. Nie dat Topo hom juis aan haar gesteur het nie, want sedert sy vernederende onderonsie met renoster-man e!Buks daar in die Laeveld van Mpumalanga, bestaan sy wat Siti is, nie in Topo se wêreld nie. Hy duld haar bloot net omdat sy kwansuis sy seun Benner se 'meisie' is.

En natuurlik ook omdat sy, Siti, op die oomblik Kraken se troefkaart aan boord die Tinta Barocca is. Was dit nie vir haar nie, sou Interpol lank reeds op hierdie einste jag toegeslaan het.

Daardie gesprek met Topo. Sy het eers gedink sy hoor verkeerd, maar toe die Mafioso eers op stoom kom, het sy besef nee, haar twee ore funksioneer ongelukkig nog na wense. Na daardie gesprek, het sy besef dat aakligheid geen perke het nie.

Sy lê agteroor op haar bed en weereens hoor sy Topo wat verduidelik hoe Kraken kinderhandel hier in die Golf van Aden voortaan tot nuwe hoogtes gaan voer. Vanweë die oorlog waarby die buurland Saoedi-Arabië ook betrokke is, beleef Jemen 'n ontsaglike krisis. Met duisende kinders wat haweloos aan hongersnood, siektes en ander ontberinge oorgelaat is.

En, het die Mafioso met 'n vreemde gloed in sy oë gesê, dit gaan 'n legio nuwe geleenthede vir Kraken in kinderhandel skep; geleenthede groter as ooit tevore.

Op daardie punt in Topo se monoloog wou Siti opspring om die man met haar kaal hande toe te takel, maar haar bene wou nie saamwerk nie. Sy was lamgeslaan, veral toe sy sien hoe Benner en Winston stilswyend, kopknikkend en gedienstig na hul meester sit en luister. Die Mafioso se toespraak was ook nog vêr van klaar af.

"Ja," het hy voorgegaan, "hier is nou 'n eindelose stroom kinders waarmee handel gedryf kan word. Kinders wat in elk geval gedoem is en, as hulle 'n keuse het, veel eerder verhandel sal wil word as om voort te ploeter in die geteisterde Jemen waarin hulle hulself bevind. Dis nou as voortploeter wel 'n opsie is. Nee, dood op 'n jeugdige ouderdom is wat op meeste van hulle wag. So," het Topo daardie aand gegrinnik, "as mens só daarna kyk, sal Kraken sulke kinders eintlik 'n guns bewys."

In daardie stadium het sy, Siti, dit weereens oorweeg om af na daardie toilet te gaan, haar slimfoon uit die spoelbak te haal, dit hier na die skip se bodek te bring en e!Marli op die drie skurke hier by haar los te laat. Sou dit nie vreugdevol wees om so iets te aanskou nie? Maar haar intuïsie het weer gesê nee wag, daar gaan 'n beter geleentheid kom om die watermeid op hierdie gespuis los te laat. Sy het Topo verder hoor praat en 'n woord gehoor wat haar ore laat spits het: UNICEF!

Topo het verduidelik: "Een van Kraken se planne is om toe te slaan waar mens dit die minste sou verwag. En dit is om 'n besending kinders van reg onder die neuse van UNICEF weg te raap. Dit sou verspot maklik wees, want skeepsvragte vol kinders word deur die VN vanuit Jemen na lande in Europa vervoer. Na lande wat goedhartig aanbied om 'n heenkome aan hierdie beleërde weeskinders te verskaf. Lande soos Italië, Bosnië en Herzegovina, Duitsland, Griekeland, Serbia, Bulgarye."

Verder het Topo smalend verduidelik: "Om een of twee van hierdie skepe met kinders aan boord in die Golf van Aden te kaap, sal verpot maklik wees. Al wat daarna hoef te gebeur, is om die gekaapte skip in die donkerte van die nag aan die seerowers van Somalië uit te lewer. Wat die kinders dan in kleiner groepies aan wal kan neem om deur Somalië se netwerk in kinderhandel opgeslurp te word. Maklik."

Toe het Siti genoeg gehad en haarself af na haar kajuit begewe. Waar sy die res van die nag gelê en huil en rondrol het. In die vroeë oggendure, het die plan in haar gedagtes vorm aangeneem. 'n Plan wat haar lam van vrees, maar ook kortasem van opwinding gemaak het.

Dis 'n paar dae later.

Siti staan op die bodek van die Tinta Barocca en kyk oor 'n spieëlgladde watervlak na die klein Noorse dorpie wat teen die steil wand van die fjord ingewig lê. Dis nou die fjord waarvan sy die naam nie uitgespreek kry nie.

Noorweë is iets om te aanskou, besluit sy vir die soveelste keer. Sy wil dink die toneel is prentjiemooi, maar die woord sal hier nie werk nie. Geen prent kan só mooi wees nie.

Sy bedink die paar dae wat verby is. Drie besige dae met Benner en Winston wat die waters om die boot in duikpakke verken, op soek na inkvisse vir IT-boffin Brady om te bestudeer. Soos nou. Die twee kom van die fjord se wand na die Tinta Barocca aangeswem, gesigte in die water, snorkels na bo gepunt en paddavoete wat ritmies agter hulle aan skop.

Siti skud haar kop, weereens verstom oor hoe onwerklik die afgelope paar dae vir haar voel. Asof Benner en Winston nie is wie hulle rêrig is nie. Nee, in stede van die twee kriminele wat hulle eintlik is, lyk hulle eerder na twee jongmanne wat hier in Noorweë met vakansie is, besig met onskuldige pret. Ja, het sy al 'n paar keer besluit, sy kan enige oomblik wakker skrik om terug te keer na die aaklige werklikheid waarin sy haarself eintlik bevind.

Sy draai om en bekyk Brady wat agter haar op die bodek langs 'n reuse-inkvis kniel. Benner en Winston het die wese gister gevang, aan boord gebring en op die bodek uitgelê, al 8 meter van die gedierte. Sy wou die stomme ding weer oorboord terug in die water probeer kry, maar toe besef dit sal nie help nie. Daar sal net nóg inkvisse gevang en aan boord gesleep word.

Sy kyk skuins na Brady wat nou langs die inkvis sit en notas maak. Wat 'n eienaardige vent, een wat in sy eie wêreld leef. 'n Wêreld wat net uit die nulle

41

en ene van die binêre getal-struktuur bestaan, daarvan is sy seker. Want meeste van die tyd sit hy met sy neus in sy slimfoon gedruk, besig om verdere inligting oor inkvisse oor die internet te versamel. Met steeds een doel voor oë en dit is om waterslang e!Bongi in e!Kraken te verander. Die onvernietigbare e!Kraken wat, in Brady se eie woorde, die grootste inkvis van alle tye sal wees. En, natuurlik by implikasie, die gevaarlikste.

Sy gewaar Benner en Winston wat nou by die agterstewe van die Tinta Barocca opklouter. Sy mik na die trap na onder om haarself uit die voete te maak, terug na kajuit toe. Hoe minder sy in die twee skobbejakke se gesigte hoef te kyk, hoe beter.

Die pragtige windstil dag ten spyt, gaan lê sy op haar bed in die donker kajuit. Sy wens sy kan weer 'n boodskap na Karel stuur, maar hier tussen die steil kranse wat die fjord omring, is geen selfoonseine nie. Gelukkig kon sy onderweg hier na Noorweë, wél 'n paar SMS'e na Karel stuur. Wat hy hopelik gekry het, daar op die suidpunt van Afrika, duisende kilometer van waar sy haarself nou bevind.

Wat sy ook besef, is dat sy haarself nie heeltyd so eenkant kan hou nie. Of sy nou wil of nie, sy sal meer tyd in die teenwoordigheid van die ander aan boord moet spandeer. Dis ook al manier wat sy op hoogte sal bly met wat hulle alles in die mou voer.

Daardie aand sluit sy dan ook by die ander in die Tinta Barocca se kombuis aan. Die kombuis wat ook as die jag se eetplek dien. Behalwe Benner, Winston en Brady, is daar 'n paar ander bemanningslede ook aan boord, maar behalwe die skeepskaptein, bly hulle meestal op die agtergrond.

Die gesprek aan tafel gaan oor die vordering wat Brady met e!Kraken maak. "Dinge vorder goed en môreoggend sal ons die ding vir die eerste keer kan toets. Dis nou om dit vanuit Benner se slimfoon na buite te teleporteer en, hopelik, weer terug," reken die IT-man propvol selfvertroue.

Siti voel haar keel trek toe. Sy het nog heeltyd gehoop Brady se pogings misluk, maar nou klink dit of dit alles behalwe die geval gaan wees. Hulle stuur af op 'n massiewe gemors en sy is die enigste een wat die ramp eerstehands beleef.

En ook die enigste een wat die ramp kan verhoed.

Die volgende oggend is dit dan ook sulke tyd. Die kaptein en sy bemanning is almal met 'n roeiboot na die naaste dorpie op die wal van die fjord en Siti is alleen saam met Benner, Winston en Brady aan boord.

Brady staan met Benner se slimfoon op die Tinta Barocca se agterstewe en die volgende oomblik snak Siti na haar asem. Want iets het momenteel teen die skeepsromp geblits en toe in die water agter die skip verdwyn.

Dit kom egter weer te voorskyn, halflyf uit die water, en daar dryf e!Kraken, monsteragtig groot, met ellelange tentakels vol suiers en twee massiewe oë wat verby die Tinta Barocca die niet inkyk.

Vir 'n oomblik voel Siti weer ses jaar oud en sy bekyk 'n tekening uit 'n prenteboek. Van die Kraken uit die oertyd wat sy tentakels om 'n Viking seilskip slaan, want dis daardie einste monster wat sy nou in die water van die fjord hier agter die Tinta Barocca gewaar.

Brady spring vorentoe, mik met Benner se foon en die volgende oomblik is geen teken van iets soos 'n e!Kraken te bespeur nie. Vir 'n paar sekondes is dit grafstil, toe breek 'n gejuig op die agterdek van die skip uit, met bleeksiel Brady heel voor in die koor. Benner en Winston klop hom op die skouer en die kuberkraker se gesig straal van trots.

Siti begewe haarself vir die soveelste keer stilweg na haar kajuit en daar, in die donkerte, begin sy weer huil en huil. Die afmetings van die drama wat nou op hulle wag, kan sy nie eens naastenby bedink nie.

Wat meer is, met hierdie monsteragtige e!Kraken nou 'n werklikheid, het haar plan om Topo en sy gespuis hok te slaan, nou 'n bitter klein kans om te slaag. Maar, besluit sy vasberade, eintlik het sy geen keuse nie. Sy moet voortgaan met die einste plan, al is dit ook hóé gewaagd.

'n Week later is die Tinta Barocca terug in die waters van die Rooisee, net buite die hawe van Al Hudaydah. Topo het intussen uit Djedda na Jemen gereis en dis waar hy aan boord wil kom. Wat ook dieselfde dag gebeur.

Die skeepskaptein en sy bemanning word weer aan wal gestuur en daardie aand word Topo aan e!Kraken bekendgestel. Siti is by toe die monster vlak agter die Tinta Barocca in die donker see geteleporteer word. In die lig van 'n flou sekelmaan, blink die inkvis se twee reuse-oë sinister en diep, soos poele in 'n vulkaan wat borrel met lawa van onheil en vernietiging.

Brady mik met Benner se slimfoon en die volgende oomblik is daar geen teken van e!Kraken nie. Topo draai na Benner. "Die ding lyk goed, baie goed. Maar hoe is dit ge-code? Wat is sy mission?"

"Om jóú te beskerm, baas Topo."

Die volgende dag kry Siti onverwags 'n kans om met stap een van haar meesterplan te begin.

Al Hudaydah se hawepolisie in hul patrollieboot verskyn langs die Tinta Barocca, noem dat hulle met 'n roetineondersoek besig is en vra of daar enige dwelms aan boord die jag is?

"Nee," knor die skeepskaptein ongeduldig, "natuurlik nie. En weet julle met wie julle hier te doen het? Met Mafioso Topo, niemand minder nie."

Die polisieoffisier in beheer skrik, vra om verskoning en maak gereed om verder te vaar. Maar nou word die stomme man met 'n ander probleem gekonfronteer. Met Siti wat op die bodek van die Tinta Barocca verskyn, toksak oor die skouer. Verstom sien die offisier hoe die meisie die twee meter af na onder spring en vlak langs hom op die dek van die patrollieboot beland.

"Ek word teen my sin aan boord die Tinta Barocca gehou!" gil Siti! "Ek dring aan op Jemen se polisiemag vir beskerming en wil onmiddellik aan wal geneem word, weg van hierdie skurke wat my ontvoer het."

45

Die offisier, duidelik verward, kyk vraend op na die bodek van die jag en Siti sien die gesigte van Topo, Benner en Winston langs dié van die kaptein verskyn. Al vier gesigte, sien sy met genoegdoening, is ewe verdwaas.

Sy draai na die offisier langs haar en merk dat die stomme man nie nou weet waarheen nie. Toe besluit hy op wat seker die maklikste uitweg vir hom is en beveel die verskrikte stuurman om onmiddellik volstoom terug hawe toe te vaar. Die patrollieboot se enjin brul, die boot se neus lig uit die water en Siti moet aan die dekreling klou om regop te bly. Sy draai terug en kyk na hoe die boot se skroewe die water agter hulle oopkloof. In 'n V wat al weier word.

Vêrder terug sien sy die Tinta Barocca wat vinnig kleiner word. So ook die gestaltes van Topo en sy gespuis wat magteloos staan en kyk hoe hul troefkaart oor die gladde seevlak wegvaar, Al Hudaydah toe.

Sy grawe in haar toksak rond en gryp haar slimfoon vas, soos wat mens aan 'n reddingsboei sou klou. Met bewende vingers tik sy 'n boodskap aan Karel.

Terug in tyd?

Terug in Zelda se huis in Linden, lees Karel weer die jongste boodskap wat hy van Siti ontvang het, 'n hele 25 uur terug in die verlede. *Terug in Jemen. Het van TB ontsnap. My foon is amper pap. Ek SMS môre op 'n ander foon. Moenie kommer nie. Lief.*

Karel kners op sy tande. Nie kommer nie? Liewe hemel, wat verwag Siti van hom? Hy stap na Zelda wat in haar studeerkamer op haar rekenaar sit en werk. "Nog niks vêrder van Siti gehoor nie?" vra sy.

Karel wil antwoord, maar 'n boodskap klingel weer op sy Samsung. Hy verwag Siti se naam op die skerm, maar dis 'n boodskap van 'n vreemde nommer af. Toe onthou hy van die ander foon waarvan Siti gepraat het. *Ek's veilig. Is by UNICEF in Al Hudaydah. Gebruik hierdie nommer. Topo-hulle volg dalk my ou nommer. Ek bel jou 20h00 RSA tyd. Lief.*

Hy hou sy foon met die twee boodskappe op die skerm uit na Zelda. Sy lees en haar oë rek. "Liewe land, wat op aarde gaan hier aan? Ek raak nou helemaal agter met dinge wat so vinnig gebeur."

"Ja, ek raak ook nou agter," sê Karel. "Maar ek sal later verduidelik. Ten minste klink dit of Siti nou veilig is. Vir die oomblik."

"Wanneer wys jy my daai video van die Wondergat?" vra Zelda. "

Karel haal diep asem. "Ek sukkel steeds met die ding, Zelda. Die kwaliteit is swak, ongelukkig. Ek wil dit eers redigeer en dan kan ons daarna kyk."

Zelda kyk ondersoekend na hom. "Wat is dit met jou en daai video? Hoe lank sukkel jy kamtig daarmee? Wys my die ding, soos dit is. Ek verwag nie cinemascope nie?"

"Laat ek nog eenkeer probeer," ontwyk Karel sy niggie se versoek.

En met goeie rede ontwyk hy die versoek, want vandat hy die video die eerste keer op sy 3Dapparaat beskou het, het sy kop behoorlik begin draai vanweë die onverklaarbare beelde wat voor hom verskyn het. Alles behalwe wat hy verwag het om te sien. Voor hy daardie beelde kan verklaar, is daar geen kans dat hy die video vir Zelda, of enige iemand anders, kan wys nie.

Karel verskoon homself, begewe hom na sy kamer en besluit om die video vir die soveelste keer te bekyk. Dit sal ook help om die tyd na 20:00 wanneer Siti gaan bel, vinniger om te kry.

Hy trek die 3D-helm oor sy kop, die een wat hy self uit karton en 'n leë plastiekhouer gemaak het. Hy plaas sy Samsung in die helm, aktiveer die video oor die Wondergat en die volgende oomblik is hy terug in 'n 3D wêreld. Hopelik sien hy hierdie keer iets anders, soos byvoorbeeld die wande van die Wondergat wat verbybeweeg soos wat hy die kamera dieper in die gat laat sak het. Maar nee, soos al die vorige kere, sien hy alles behalwe die binnekant van die Wondergat.

Waarna hy weereens kyk, is 'n greep uit seker een van die hartseerste oomblikke in sy lewe: Siti wat op 'n roeiboot oor 'n donker seevlak van die Golf van Aden weg van hom af na 'n jag genaamd die Tinta Barocca geroei word. Daardie nag toe die meisie van sy hart haarself, in ruil vir Trompie se suster Maria, aan die Kraken-sindikaat oorgegee het.

Wat gaan verdomp hier aan? wonder hy vir die soveelste keer. En vir die soveelste keer stop hy die video om seker te maak dat hy nie die verkeerde een gelaai het nie? Nee, hy het nie en buitendien het hy nie daardie aaklige toneel op enige video vasgelê nie.

Hy haal diep asem, speel die video verder en soos met al die vorige kere, is dit weer Siti wat hy gewaar. Sy staan voor hom met 'n vraagteken tussen haar twee donker oë. "Waarvan praat jy, Karel?" vra sy, "hoe gaan ons daar uitkom? In Somalië? Om buitendien wat daar te gaan doen? Om onsself aan hierdie Samatar voor te stel?"

Karel stop weer die video. Want dit vertoon nou die gesprek op daardie rampspoedige dag toe hy, Siti en Trompie besluit het om hulself na Somalië te begewe. Hy laat die video verder rol en nou is hy nóg vêrder terug in tyd, want dis Siti, in haar straatvrou gewaad, wat in 'n agterstraat in Kaapstad buite Klub'Extatica op bendeleier Winston staan en wag.

Hy stop die video, lig die helm van sy kop en hinkstap 'n draai deur sy kamer. Hy moet nou die werklikheid in die gesig kyk: die video neem hom, Karel, nou terug in tyd, absurd soos dit klink.

Hy tel weer die 3D-helm op en kyk agterdogtig daarna. Asof die ding 'n demoniese invloed oor hom het en hom in 'n toestand van beswyming plaas. Asof hy ge-transendeer is, na 'n wêreld waar werklikheid en onwerklikheid heeltyd plekke ruil.

Ge-transendeer?

Toe, stadig, absurd, kom die besef. Ja, dis presies wat nou hier gebeur. Hy word, via die video op sy slimfoon, via die Wondergat, terug in tyd ge-transendeer!

En is dit toe die eintlike geheim van die Wondergat? As jy af na onder daarin beweeg, langs die aardlae van vergange tye verby, beweeg jy ook terug in tyd? Dis presies wat sy slimfoon vasgelê het, die dag toe hy dit met 'n vislyn in daardie einste gat na benede laat sak het.

Hoe op aarde kan hy so 'n video vir Zelda wys? Of vir enige iemand anders? Veral na al die drama wat hy reeds met die flippen e!Kang's veroorsaak het. Hierdie keer gaan hy opgesluit word en nooit weer terug in die beskawing toegelaat word nie.

Hy kyk na die 3D-helm, trek dit huiwerig terug oor sy kop en sekondes later is hy terug by Siti wat in haar straatvrou gewaad in Kaapstad se agterstraat, in gesprek met Winston is. Hierdie is die vêrste wat hy nog terug in tyd beweeg het.

Sal hy hom vêrder terug begewe? Ja, hoekom nie, hy kan homself netsowel nou in die tydlose diepte van die Wondergat af begewe. Om nugter weet waar te beland? Hy aktiveer die video vir 'n vierde keer en nou is hy saam met Siti in Trompie se Polo, vanaf Kangoberg op pad Kaap toe. Hulle ry deur Riviersonderend in die Overberg en Siti praat van die voorste sitplek af.

"Hierdie is inderdaad 'n drama sonder end," sê sy

Die video draai al vinniger en tonele waar die e!Kang's bedrywig is, flits voor Karel se oë verby.

e!Marli, die watermeid, wat verwoesting in Klub'Extatica saai.

e!Bongi, die waterslang, daar op die Navio Pirata, wat kaptein Sal Teador as aas gebruik om haaie mee te lok.

Bakoorjakkals, e!Ansie, wat smokkelaars Barnabas Bok en Kees Ietmans in die Richtersveld toetakel.

e!Benner, die cheetah-man, wat motorkapers die Jollie J's, van Jozi in Johannesburg van die pad af dwing.

Renoster-man, e!Buks, wat daar in die Laeveld se bos, ene Topo soos 'n lappop in die lug opsmyt.

e!Siti, die luiperd-vrou, wat in die eetsaal van Lodge Ikhanda-Ingwe in Mpumalanga amok maak.

Die video daal dieper af in die tydlose Wondergat en ander tonele, weg van die wêreld waarin Karel en sy mense leef, word nou vertoon. Maar sy waagmoed begewe hom nou en summier stop hy die video. Vir eers het hy genoeg gehad en later, as hy genoeg durf byeen kan skraap, sal hy vêrder terug in tyd beweeg.

Hy haal sy slimfoon uit die 3D-helm en bekyk die tyd. 19:47. Nog net 'n paar minute en dan gaan hy weer sy meisie se stem hoor. Maar die foon vibreer meteens en die volgende oomblik hoor hy die mooiste klank wat bestaan.

"Karel, ek is lief vir jou. Kan jy my hoor?" Hy wil praat, maar skielik is sy stem weg. Hy sluk en sluk, maar die knop in sy keel bly sit. "Karel? Hoor jy my? Die sein hier by my is swakkerig."

Toe hoor Karel homself praat, en huil, tegelykertyd. Dit borrel uit sy mond en hy hoor woorde soos: lief vir jou, verlang my vrek, is jy oukei? Waar presies is jy? Ek wil na jou toe kom.

Uiteindelik kry hy sy emosie onder beheer en hy hoor hoe Siti 'n klomp goed verduidelik. Hoe sy van die Tinta Barocca ontsnap het en Jemen se polisie haar na UNICEF se basis in Al Hudaydah geneem het. Waar hulle haar aansoekvorm met foto vinnig opgespoor het en met oop arms verwelkom het. "En eers toe," lag sy, "het die vriendelike polisieoffisier van die patrollieboot my laat gaan. "

En ja, sy het haar Android by haar en die ding se battery is nou, dank vader, uiteindelik weer gelaai. "Ek kan dit egter nie gou weer gebruik nie, want Kraken kan my koördinate via hul GPS maklik opspoor. Maar moenie bekommer nie, e!Marli skuil nog ewe knus in die foon se digitale geheue en as die tyd reg is, sal ek die watermeid aktiveer."

"Wanneer sal die tyd reg wees, Siti?" vra Karel.

"Wanneer ek my plan in werking stel."

"Jou plan?"

"Ek gaan 'n lokval stel vir Topo-hulle. Ek weet presies hoe."

"'n Lokval? Jy en wie? Jy kan so iets tog nie alleen doen nie, Siti!"

"Alleen? Jy vergeet heeltyd van die watermeid, Karel."

"Ja, maar nogtans. En van watse lokval praat jy?"

"Dis 'n lang storie. Ek stuur môre vir jou 'n e-pos wat alles verduidelik."

"Goed dan. En Noorweë? Wat het dáár gebeur?"

"Dis die slegte nuus, Karel. Benner-hulle kon toe tPort se wagwoord breek en e!Bongi is nou nie meer 'n waterslang nie. Hy's nou 'n inkvis."

"'n Inkvis?"

"Ja, 'n moerse inkvis. 'n Boffin met die naam Brady het ..."

Toe is Siti se stem weg. Karel wag dat sy moet terugskakel, wat nie gebeur nie. Hy probeer haar nommer, sonder reaksie. Net 'n stemboodskap wat sê die gebruiker is nie nou beskikbaar nie.

Hy skakel Trompie se nommer en gelukkig antwoord die speurder dadelik. "Yes, Karel, wat's nuus?"

Karel vertel vinnig van Siti se oproep en gee haar nuwe nommer vir Trompie.

"Dankie," sê Trompie, "en hou op worry, Karel, ons sal haar dophou, dag en nag. Ons sal eers dubbel seker maak dat sy nie steeds op daai Tinta Barocca is nie. Mens weet nooit. En indien sy nie aan boord is nie, gaan ons daai jag uit die waterblaas. Dis te sê as ons die ding ooit weer opgespoor kry. Hoe lank ons nog op die GPS-seine kan staatmaak wat vanaf Benner se foon gestuur word, weet ek nie."

Hulle lui af en 'n halfuur later kry Karel 'n SMS van Trompie af: *Goeie nuus: Ons het Siti se nuwe sein opgetel. Sy ís toe in Al Hudaydah, by die straatadres van UNICEF.*

'n Uur later, ontvang Karel nog 'n SMS van Trompie af: *Slegte nuus: Die Tinta Barocca is opgespoor. Of liewer die wrakstukke daarvan, op 'n verlate strand suid van Al Hudaydah. Topo het dit blykbaar laat ontruim en met plofstof opgeblaas. Hy en sy trawante vaar waarskynlik nou op 'n ander onbekende jag.*

Siti uit Jemen

Liefste Karel, begin Siti haar e-pos.

As jy ooit gewonder het of daar 'n plek soos die hel bestaan, moenie verder wonder nie. Want dis presies waar ek myself nou bevind.

Ek onthou ons gesprek daardie dag in Kangoberg toe ek vertel het van my plan om by UNICEF aan te sluit, hier in Jemen. Jy het my probeer oortuig om weer daaroor te dink, en het ek dit maar gedoen.

Want ek sit nou met twee gedagtes. Aan die een kant is ek spyt ek is hier, want om te sien waardeur hierdie kinders gaan, is iets verskrikliks. Woorde kan dit nie beskryf nie, so ek gaan nie eens probeer nie.

Aan die ander kant is dit tog goed dat ek hier tussen die mense van UNICEF is wat na hierdie stomme kinders uitreik. Was dit nie vir hulle nie, was hierdie hel veel erger, as dit moontlik sou wees. So, om deel van UNICEF te wees, is 'n voorreg en dalk kan ek tog 'n verskil hier maak.

As ek terugdink aan my kinderdae op Kangoberg, kan ek nie glo dat twee wêrelde so verskillend van mekaar kan bestaan nie, en dit nogal op dieselfde planeet. Ek besef nou mý kleintyd was hemel op aarde, maar daar was tog tye wat ek kamtig ongelukkig oor goeters was. Verbeel jou. Oor onbeduidende klein goedjies. Liewe hemel, as ek nou terugdink, kan ek dit nie glo nie.

Ek onthou die drome wat ek gehad het. Die wonderlikste drome oor vakansies en Kersgeskenke en avonture saam met die ander !Kang's. Drome wat meestal waar geword het. Vraag is: wat is dit waaroor hierdie kinders van Jemen droom? Om te droom dat jy die son die volgende dag sal sien opkom, sal reeds 'n waagstuk wees.

Ek wens kinders van oor die hele wêreld kan sien wat hier gebeur. Kinders uit ryk lande met 'n witbrood onder elke arm wat hulself oor een of ander simpel ding jammer kry. Ek weet ek preek nou, maar dis hoe ek voel.

Hier in Al Hudaydah gaan dit veral sleg, want die magte wat oorlog voer, fokus op die plek omdat dit 'n hawe is wat Jemen met die buitewêreld verbind. Wie die hawe beheer, beheer die kom en gaan na en van Jemen, veral van mense wat hulp aan die duisende oorlogslagoffers probeer verleen.

Daar's kort-kort sprake van vredesamesprekings, maar dan breek gevegte maar net weer ophuul uil tussen magte wat nie 'n hel omgee wat hul dade aan hierdie kinders doen nie. En natuurlik ook aan baie ander onskuldige mense.

Ek het laas belowe ek sal meer oor my gewaagde plan vertel. Die meesterplan waarmee ek Topo-hulle kan stuit en in die proses uit hierdie gemors kan kom.

Nou, ek kan die plan nie aan jou stuur nie, Karel. As ek dit in 'n e-pos of WhatsApp beskryf, kan my boodskap dalk onderskep word, deur Kraken self. Almal weet hoe bedrywig hulle in die Dark-Web is en wie weet waartoe hulle alles in staat is? Sal my nie verbaas as hulle hierdie e-pos aan jou ook onder oë kry nie. Kraken se tentakels strek oral.

So, moenie komkommer nie, my plan is wel gewaagd en dis presies hoekom dit kan werk. En gáán werk.

Ek het jou gesê dat waterslang e!Bongi nou in 'n inkvis verander is. En ek wens jy kan die ding sien. Reusagtig groot en volgens Benner is die ding se naam e!Kraken. Met net een missie en dit is om Topo en sy sindikaat te beskerm.

Maar weet jy wat, Karel? Daar's niks om oor bang te wees nie. Deel van my meesterplan is juis om onse e!Kraken onskadelik te stel en daarmee saam die hele Kraken-sindikaat. Wie weet?

Lief vir jou.

Siti.

Siti lees haar eie boodskap nog 'n keer.

Het sý dit geskryf, of iemand anders? Dalk 'n ander Siti wat in 'n ander, fiktiewe wêreld leef wat haarself met Superwoman verwar. Super Siti dalk? Ja, onthou sy nou, dit was mos haar bynaam op skool; die een wat sy so verpes het.

So, lag sy onderlangs, hier het sy uiteindelik kans om rêrig Super Siti te wees. Een wat bereid is om die berugste misdaadsindikaat in die wêreld aan te vat, vroualleen. Wel, vroualleen met watermeid e!Marli se hulp, natuurlik. Aan die ander kant, vandat Karel met die e!Kang's vorendag gekom het, is dit presies waarin sy leef: 'n fiktiewe wêreld. Een waar feit en fiksie heeltyd plekke ruil.

Sy stuur die e-pos weg en kom orent. Tyd om vir diens aan te meld. Sy staan voor die spieël en trek haar werksklere aan: weereens 'n pikswart burqa wat haar hele lyf bedek, van kop tot tone, met net 'n oop skrefie oor haar oë waardeur sy kan sien.

By haar aankoms hier by UNICEF, het sy dadelik besef dat sy, soos laas daar in Somalië, iets aan haar kleredrag sal moet doen. Almal, mans én vroue, het haar openlik aangekyk, maar veral het sy geweet dat Kraken op die uitkyk na haar sal wees. Beter skuiling as agter 'n burqa, sou sy nêrens kry nie.

Aanvanklik het sy met verskeie soorte serpe en sluiers geëksperimenteer. Soos die hijab, die shayla en die khimar. Sy het van die khimar gehou, maar dit het haar hele gesig oopgelaat en uiteindelik het sy op die veiligheid van die burqa besluit. Wat makliker gesê as gedoen was, want om die wêreld heeltyd deur so 'n smal skrefie te beleef, is 'n vreemde ervaring vir haar.

Iemand het haar egter moed ingepraat en belowe dat sy uiteindelik tog aan die burqa gewoond sou raak. Dit was Sandy, 'n Jemense vrou wat as vrywilliger hier by UNICEF werk. Sandy het haar vanaf dag een onder haar vlerk geneem en tuis laat voel. En, het die liewe vrou laggend bygevoeg, Siti is nou in veilige hande, want dis wat Sandy in Arabies beteken: beskermer.

Siti stap gang af na die kantoor van Hektor, die man aan die stuur van sake hier by UNICEF in Al Hudaydah. Maar voor sy die kantoor bereik, hoor sy die geloei van sirenes iewers in die middestad en terselfdertyd die gedreun van vliegtuie vêrder aan, oor die buitewyke van die stad.

Stemme klink op, deure gaan oop en mense begin verby haar in die gang hardloop. Toe gaan die sirenes op UNICEF se perseel oorverdowend af en mense om haar val plat op die vloer. Sy val ook plat, vlak voor Hektor se kantoordeur.

Sy hoor 'n vliegtuig rakelings oor die dak van die gebou dreun. Gevolg deur nog een, wat die lug bokant die gebou oopskeur. Het haar laaste dag aangebreek? wonder sy. So gou? Voor sy vir iemand hier in Jemen iets kon beteken?

Sy knyp haar oë toe en voel hoe iemand haar aan die voete beetkry en iewers heen sleep. Dis Hektor, sien sy, wat haar by sy kantoor insleep en onder sy lessenaar inbondel. Toe, vir 'n paar sekondes, is dit grafstil. Asof die stad ademloos wag vir wat onvermydelik gaan kom.

Toe kom dit.

Ontploffing na ontploffing iewers, in die buitewyke van die stad. Of is dit iewers in die hawe? Oor die see? Loei-loei-loei klink dit in Siti se ore en kragtig diep kom die ontploffings, een na die ander.

Siti voel haar lyf ruk en ruk, onbeheersd. Is dit hoe oorlog voel? Is dit hoe dit is as dood jou in die gesig kyk? As die man met die swart mantel, mus en sens aan jou deur kom klop? Ja, ruk die wete deur haar lyf, sy beleef nie nou die oorlog in Jemen op 'n rekenaarskerm of op haar slimfoon wat google voor haar geplaas het nie. Nee, hierdie is die werklikheid.

Toe daal daar 'n stilte oor die stad. 'n Dik, ondeurdringbare stilte. Soos 'n kombers wat iemand oor die stad trek om die aakligheid van wat pas gebeur het, te bedek. Saam met die stilte, kom daar 'n verslae gevoel in Siti se binneste. Van onwerklikheid, asof sy nou inderdaad iemand anders is. Maar dis nie Super Siti nie, nee, sy is nou Stomme Siti. 'n Patetiese bang Stomme Siti.

Vêr af hoor sy iemand skreeu. Dis Hektor wat bevele uitbulder. Siti kruip onder die lessenaar uit en strompel saam met die ander na buite. Iemand vat haar aan die arm. Dis Sandy. "Kom," sê Sandy, "'n skool in die buitewyke van die stad is aangeval. Dit het na skoolure gebeur, maar daar is tog 'n klomp kinders beseer en volgens die nooddienste het twee reeds omgekom."

Sandy druk haar in 'n kombi en hulle jaag agter 'n ambulans aan wat met loeiende sirenes deur die strate raas. Die skoolgebou kom in sig. Siti ruik rook en iets wat buskruit kan wees. Die skoolterrein wemel reeds van polisielede en ander in uniforms wat weermaglede kan wees. Twee brandweerwaens spuit water oor een vleuel van die gebou wat onder 'n rooksuil lê en smeul.

Sandy draf by 'n gebou in wat na 'n skoolsaal lyk, Siti agterna. Verskeie kinders lê op komberse en slaapsakke versprei oor die vloer. Mediese personeel skarrel rond en probeer oral help. Ma's, meestal in burqas, sit stilswyend agter hul sluiers en huil, hul droefheid sorgvuldig vir die buitewêreld verberg. Pa's staar verdwaas in die niet, maar party loop met gebalde vuiste woedend, maar magteloos en swets.

'n Vrouestem gil aanhoudend van iewers af. Siti probeer vasstel vanwaar die gille kom en draai om. Die gillende vrou staan op haar knieë langs haar kind. 'n Verpleegster probeer 'n laken oor die kind se gesig trek, maar die ma, desperaat, pluk dit aanhoudend weer af. Iemand sê dis nou die derde kind wat sterf.

'n Vrou gryp Siti aan die arm. Haar sluier is afgepluk en angs ets oor haar naakte gesig. Sandy sê die vrou se kind is weg en kan Siti help soek? Die seun is dalk iewers in die puin vasgekeer.

Siti storm uit die saal na buite en hardloop blindelings in die rigting van die smeulende vleuel. Iets sê haar die kind is dáár vasgekeer. Die slange van die brandweerwaens is steeds in aksie. Dit spuit water wat skuimend deur die lug boog en stomend in die brandende puin verdwyn. Sou daardie bombardier trots op sy handewerk voel? wonder Siti in die hardloop.

Sy steek vas en draai na die paniekbevange ma agter haar. "Wat is die kind se naam?" vra sy op Engels en goddank verstaan die ma. "Faizan," sê die ma in 'n stem wat klink of sy direk by Allah pleit. Toe, uit die bloute, kom daar 'n ongelooflike kalmte oor Stomme Siti. "Kom," por 'n vreemde stem in haar binneste. "Kom, Super Siti."

Sy pluk die sluier van haar burqa van haar gesig, bestorm die ingang van die smeulende vleuel en hoor brandweermanne waarskuwend op haar gil. Sy mik na die ingang, maar 'n vlaag rook tref haar in die gesig. Sy steier agteruit, hoes onbedaarlik, maar trek haar longe weer vol vars lug.

Toe, met betraande oë, bestorm sy die rook belaaide ingang vir 'n tweede keer. Blindelings hardloop sy af in 'n gang. Deure na leë klaskamers lei na haar linkerkant en by die voorlaaste klaskamer steek sy vas. Goddank is hier minder rook.

Toe sien sy hom. Die seun, wat net Faizan kan wees.

Hy staan alleen in die vertrek, geklee in 'n lang grys kleed, skynbaar onbewus van die rommel van bomskerwe, stukkende vensters, gebreekte bakstene en skrapnel waarin hy staan. Hy staan met sy rug na die deur, sy oë op die klaskamer se swartbord gerig. Die bord hang skeef en is vol gate geskiet. Siti kom saggies nader, staan agter hom en fluister sy naam.

"Faizan?"

Maar hy hoor haar nie, want sy oë is steeds op die gehawende swartbord gerig. Asof hy baie vrae het om te vra en wonder waar en by wie hy voortaan die antwoorde gaan kry?

Zelda besoek die Wondergat

Zelda is bekommerd oor Karel. Haar neef gaan deur hel, veral na daardie laaste e-pos van Siti af.

Hy sit heeltyd so by sy rekenaar, behep met wat tans in Jemen gebeur. As daar 'n geluid van sy slimfoon af kom, bespring hy die foon asof sy lewe daarvan afhang. Wat seker in 'n sin ook die geval is, want telkens hoop hy dis nuus van Siti wat laat weet dat sy oukei is.

En sy, Zelda, het al alles probeer om haar neef se aandag weg van Siti te lei, sonder sukses. Al reaksie wat sy kry is Karel wat homself verwyt omdat hy nie nou saam met sy meisie daar op die oorlogsfront is nie.

Wat hom verder frustreer, het hy al 'n paar keer gesê, is dat hy nie weet wat Siti in die mou voer nie. Met daardie meesterplan van haar. En dit kan sy, Zelda, verstaan. Maar sy verstaan ook hoekom Siti huiwer om inligting oor die internet te stuur. Die tentakels van die Kraken-sindikaat is oral in verstrengel.

Intussen, in haar vryetyd, werk Zelda kliphard aan die boek wat sy oor haar nefie se ongelooflike avonture skryf. Dis nou as avonture die regte woord is. Nagmerries sou hier beter werk.

Skielik onthou Zelda van daardie 3D-video wat Karel by die Wondergat in die Richtersveld geneem het. Die een wat hy, om een of ander duistere rede, weier om haar te wys. Sy stap na sy kamer waar hy, soos te wagte, na sy rekenaarskerm sit en kyk en sy kan net raai waarna. Inderdaad hoor sy hoe 'n politieke ontleder van een of ander nuuskanaal homself oor die oorlog in Jemen uitlaat.

"Daai video, Karel," begin Zelda, "van die Wondergat. Vandag is die dag wat ek dit gaan kyk."

Karel bekyk haar met oë wat duidelik nie veel registreer nie. Nee, haar neef is in een of ander loopgraaf in Jemen op die oorlogsfront, natuurlik langs sy meisie. Zelda klap met die vingers van haar regterhand voor Karel se oë.

"Karel. Ek praat met jou."

"Ek is nog besig om die ding te redigeer, Zelda."

"Redigeer se voet. Hoeveel keer gaan ek daai een nog hoor? Nee, wys my die ding. Nou."

"Ek wil nie hê jy moet alleen daarna kyk nie. En ek het net een 3D-helm."

"Hoekom kan ek dit nie alleen kyk nie?"

"Dit gaan jou ontstel. Rêrig."

"Niks omtrent jou en jou flippen e!Kang's kan my meer ontstel nie. Toe, wys my die ding."

"Gaan kry eers vir jou 'n helm. 'n 3D-helm. Dan kan ons saam daarna kyk."

"Aha," lag Zelda, "kyk hier. 'n Verrassing vir jou. Ek het die ding gister gekoop."

En daar kom Zelda se linkerhand van agter haar rug te voorskyn en ewe vermakerig hou sy 'n splinternuwe 3D-helm voor Karel se verbaasde gesig. Dadelik weet sy dat sy hierdie rondte gewen het, loshande.

"Volgende verskoning?"

"Goed, Nig, jy wen. Maar wees gewaarsku, jy gaan nou iets sien wat jou gaan ontstel. Oukei?"

"Oukei. Maar na die e!Kang's, sal dit moeilik wees om my met enige iets te ontstel."

"Hierdie gaan nie oor die e!Kang's nie, Zelda. Dit gaan veel verder. Dit gaan oor die eintlike geheim van die wondergat, Heitsi-eibib."

"Gaan die video oor daai Grootslang?"

"Nee, was dit maar so eenvoudig. Maar goed dan, jy's gewaarsku. Sit op jou helm. Ek gaan die video vanaf my rekenaar speel. Via blue-tooth. Dan kan ons saam daarna kyk."

"Laaste vraag, Karel," sê Zelda, nou effe onseker. 'n Deel van haar bravade het nou skielik die wyk geneem. "Het jy die hele video gekyk? Ek bedoel enduit gekyk?"

"Nee, ek was te bang. Maar nou gaan ons twee dit kyk, tot by die einde. Is jy reg?"

Ja, sy is reg, knik Zelda, nou rêrig onseker en gespanne. Al wat haar nou dryf, is die joernalis in haar se nuuskierigheid.

'n Minuut later sit die twee van hulle met hul 3D-helms gereed en Karel aktiveer die video.

Zelda sien haarself deur die 3D-lense. Sy is besig om Karel op haar selfoon te bel.

Hy antwoord. "Hallo, Zelda, wat is nuus?"

"Jy wil nie weet nie," hoor Zelda haarself sê.

"Jy's reg, as dit slegte nuus is, wil ek nie weet nie."

"Wel, besluit self of dit sleg is of nie. Want jy gaan Alexanderbaai toe. Saam met my."

Zelda lig die helm van haar kop en leun oor na Karel. "Haai, wat gaan hier aan? Waar kry jy hierdie video? Dis g'n die Wondergat-video nie."

Karel stop die video en lig sy helm ook af. "Dit ís die Wondergat-video, Zelda, maar wat jy sien is iets anders. Dis tonele uit die verlede."

"Dis wat? Tonele uit die verlede? Waarvan praat jy?"

"Die Wondergat-video neem ons terug in tyd, Zelda."

"Hou op gekskeer. Wys nou die regte video."

Karel aktiveer die video en nou sien Zelda haarself en Karel aan tafel hier in haar eetkamer, besig om vis en skyfies te eet. Karel is aan die woord.

"Onthou net, Zelda, hierdie e!Kang's is nie van vlees en bloed nie. Dis net energie-velde. Wat op 'n sekere manier saamgestel is en deur 'n heuristiese geheue beheer word. Omdat hulle na lewende wesens lyk, dink ons hulle het lywe. Regte lywe soos ons. Of soos wat diere het. Dis nie so nie."

Zelda snak na haar asem, want sy onthou nou die gesprek wat hier voor haar afspeel, 'n paar weke gelede, in hierdie einste huis van haar in Linden. En, weet sy ook, daai gesprek was nooit op 'n video vasgelê nie.

"Stop die blerrie video, Karel," gil sy en pluk weer die helm van haar kop af. "Wat gaan hier aan? Smokkel jy hier met my kop?"

"Ek het jou gewaarsku, Zelda, maar jy wou nie luister nie. En nou gaan ons die video enduit speel. Sit terug jou helm." En sonder meer, aktiveer Karel weer die video.

Teësinnig plaas Zelda die helm terug oor haar kop, belyds om haarself in swart klere by die begrafnis van Karel se ouers te sien, na daardie aaklige ongeluk toe haar nefie ook sy leon verloor het.

Toe, half in 'n koma, gee sy haarself oor en staar oopmond na die video wat genadeloos voortrol. Na ánder tonele, weier as die wêreld hier waarin sy en haar mense leef.

Sy sien berigte oor die oeroue vete tussen Israel en Palestina wat met hernude woede weer opvlam – hierdie keer tussen Hamas en Israel. Verslae, verstom en magteloos kyk die wêreld toe hoe duisende onskuldige mans, vroue en kinders in Gaza in die kruisvuur sterf met diegene wat wel oorleef, kaalgestroop en haweloos voortvlug, nugter weet waarheen.

En dit terwyl die oorlog in Oekraïne ook genadeloos voortduur. Die uitdrukkinglose gesig van Vladimir Putin verskyn op die skerm. Die man dreig om sy kernarsenaal aan te wend as iemand dit sou waag om sy inval in Oekraïne te probeer stuit. En eweneens sterf duisende inwoners wat niks met die oorlog te doen het nie. Die vraag op almal se lippe is of 'n derde wêreldoorlog die mensdom in die gesig staar?

Die Corona-pandemie eis miljoene lewens en die wêreld soek angstig na 'n entstof wat die voortbestaan van die mensdom sal verseker. Kenners waarsku dat, vanweë die onbeheersde aardverwarming, 'n geskroeide planeet die voorland van ons nageslag gaan wees.

Dis Oktober, 2023. 'n Juigende in Stade de France in Saint-Denis, Frankryk, asook miljoene TV-toeskouer wêreldwyd, sien hoe 'n uitbundige Siya Kolisi die rugby-wêreldbeker omhoog hou. Die Springbokke word die enigste span om vir 'n vierde keer as wêreldkampioene gekroon te word.

Cyril Ramaphosa word as staatspresident van die republiek van Suid-Afrika ingesweer.

Verwoestende brande woed in die Suid-Kaap en duisende hektaar inheemse bos om Knysna brand af.

Donald Trump word VSA staatspresident en dreig om 'n muur tussen hom en Mexico te bou.

Die spiraal begin vinniger beweeg en Zelda sien hoe twee vliegtuie die VN-handelsentrum in New York tref. Die twee reuse-torings stort onder dik swart rooksuile ineen en 3 000 mense sterf.

Die jaar 2000 breek aan en die wêreld wag angsvol op die gevare wat die Y2K verskynsel op die internet tot gevolg gaan hê.

Nelson Mandela word vrygelaat en die ANC kom aan bewind.

Die Soviet Unie kom tot 'n einde.

Stootskrapers dreun in die niemandsland tussen Oos- en Wes-Berlyn en die skandmuur stort inmekaar.

Die Helderberg, 'n SA Lugdiens passasiersvliegtuig, stort neer oor die Indiese Oseaan. Honderd nege en vyftig mense verdwyn in 'n watergraf.

Zelda probeer die 3D-video van haar kop afpluk, maar haar arms is lam. Sy tuimel nou saam met Karel terug in tyd, af in die tydlose dieptes van die Richtersveld se Wondergat.

Sy sien 'n motorbom in Kerkstraat, Pretoria ontplof. Negentien mense sterf en meer as 200 word beseer.

Die 19 jarige Anneline Kriel word as Mej. Wêreld gekroon.

Niel Armstrong praat knetterend vanaf die maan oor die radio met ritmiese beeb-klanke op die agtergrond. Hy verwittig Houston dat een klein tree 'n reuse sprong vir die mensdom is.

Hartchirurg Chris Barnard lag wit vir al wat kamera is en praat oor die eerste mensehart wat by Groote Schuur hospitaal oorgeplant is.

Jacky Kennedy hou die kop van haar sterwende man, die VSA President, in haar arms, oomblikke nadat hy in Dallas geskiet is.

Die Beatles uit Liverpool en Elvis Presley uit Memphis in Tennessee sing voor honderde-duisende gillende flou-wordende tieners.

Polisie met knuppels slaan toe op 'n woedende skare in Sharpeville buite Johannesburg.

Drie skote klink op in 'n straat in Delhi, Indië en Mahatma Gandhi sak inmekaar en sterf.

Amerikaanse B-29 bomwerpers gooi kernbomme oor Japan. Paddastoelwolke hang oor Hirosjima en Nagasaki.

'n Histeriese Adolf Hitler dreig om sy land se vyande te vernietig, voor 'n see van juigende gesigte by die Reichstag in Berlyn.

Albert Einstein verduidelik aan 'n groep wetenskaplike wat e = mc2 beteken.

Mari Curie ontvang, onder luide applous, die Nobelprys vir pionierswerk in radioaktiwiteit.

Generaals Louis Botha en Koos de la Rey sit met gespanne gesigte in Vereeniging tydens die onderhandeling met die Britte na afloop van die Anglo-Boereoorlog. Duisende Boervroue en hul kinders sterf in Britse konsentrasiekampe, regoor 'n gestroopte en verbrande Suid-Afrikaanse landskap.

Ossewaens kreun oor die Hottentots-Hollandberge, weg uit die Kaap en weg onder

Engelse heerskappy, na 'n onbekende bestemming in die noorde.

Tallose Zoeloe-impi's met assegaaie, kieries en skildvelle ruk op met dreunsang agter hul koning Shaka aan.

Harry die Strandloper en ander Khoi-Khoi kyk deur skrefiesoë na drie seilskepe uit Holland wat voor anker in Tafelbaai lê. 'n Wit wolk hang oor die berg.

Die spiraal kolk nou teen 'n duiselingwekkende spoed en Zelda maak net hier en daar bekende gesigte uit: Beethoven, Napoleon, Mozart, Newton, Kepler, Galileo, Copernicus, Columbus, Diaz, Gengis Khan.

'n Gewapende skip met Vikings aan boord vaar doelgerig weswaarts uit 'n fiord in Noorweë, op pad om 'n volgende gebied te verower.

'n Noorse koning gewaar 'n reuse-inkvis skuins onder sy seilskip. Die koning wys na die monster en noem dit Kraken.

Skielik stol die spiraal en alles om Zelda hang in doodse stilte. Sy sien 'n man in 'n wit kleed wat sy hande in onskuld was. Sy sien 'n figuur teen 'n houtkruis vasgeslaan, op 'n heuwel buite Jerusalem. Haar skouers begin ruk en ruk en sy gewaar 'n bebloede gesig onder 'n doringkroon.

Dit spiraal weer voort, dieper die gryse verlede in, en Zelda herken die gesigte van Keiser Augustus, Marcus Antonius en die beeldskone Cleopatra. Toe volg Julius Caesar en daarna Hannibal op die rug van 'n olifant, êrens in die Alpe van die Romeinse Ryk.

Toe, sonder waarskuwing, is alles om Zelda weereens stil. Want sy is terug in Afrika, Wieg van die Mensdom. Sy staan op 'n verlate vlakte en skielik besef sy waar sy is. Ja, sy staan, van alle plekke, by die Wondergat, langs haar neef Karel.

Sou die tydreis verby wees? Is sy terug in die hier en die nou? Weer terug, verby die jaar 2000? Nee, sy is nie, want 'n eensame figuur kom oor die vlakte na haar en Karel aangestap. 'n Tydlose figuur van 'n man, uit 'n tyd vêr in die oertyd terug.

Die man betrag haar en Karel deur skrefiesoë, stilweg, met onverbloemde nuuskierigheid. Die man lyk onwerklik, asof hy, soos die e!Kang's, eintlik 'n rotstekening moes wees. Van 'n San kryger met 'n skildvel en spies. Maar, sien Zelda, hierdie is beslis geen rotstekening nie.

En toe die man begin praat met 'n tong wat van sy verhemelte af klik, weet sy wie dit is.

Heitsi-eibib, wie anders?

Mukhbir

Topo kyk met 'n frons na die SMS-boodskap op sy foon wat noem dat UNICEF oor 'n week van nou 'n besending van 43 weeskinders vanaf Al Hudaydah na die hawe Mersin in Turkye gaan stuur. Vanwaar die kinders in 'n weeshuis iewers in Turkye gehuisves gaan word. Die naam van die skip, lees Topo, is SafeHaven.

Die SMS is van 'n onbekende nommer deur ene Mukhbir gestuur. Topo kan nie onthou dat sy pad ooit met dié van 'n Mukhbir gekruis het nie, maar dan is dit ook so dat hy op sy dag reeds 'n legio mense ontmoet het. Ook dat hy talle informante het en ironies genoeg is Mukhbir, sovêr hy weet, die woord vir informant in die Arabiese taal.

Dit kan natuurlik ook 'n lokval wees, dalk nog deur Interpol self, besluit Topo. Maar dit sal hy maklik kan vasstel. Hy hoef net die SafeHaven vir 'n dag of so te volg en spoedig sal hy wel weet of dit 'n begeleiding het of nie. En om die vaartuig daarna te kaap, sal vir Kraken maar net nog 'n dag se werk wees. Nogtans, besluit hy, moet hy meer omtrent hierdie Mukhbir uitvind. Om onnodige kanse te waag, is nie in sy aard nie.

Hy tik 'n Whatsapp boodskap aan die nommer wat Mukhbir gebruik het. *Wie is jy? En waar kry jy my nommer?*

Die antwoord kom onmiddellik. *My identiteit is 'n geheim en soos jy seker kan raai, is Mukhbir 'n skuilnaam. Ek werk alleen en sal ook aan boord die SafeHaven wees. Op dié manier kan ons dubbel seker maak dat die kaping suksesvol verloop. Want dis tog seker wat jy gaan doen? Die SafeHaven kaap?*

Hoe weet ek jy werk nie vir Interpol nie? Of vir iemand anders nie?

Dis 'n kans wat jy maar sal moet vat. Dis tog wat Kraken doen, kanse waag met elke operasie wat julle loods.

Wat laat jou dink ek werk saam met Kraken?

Wie weet dit nie?

Wat is in hierdie hele kaping vir jou? Persoonlik?

Ek wil deel van Kraken word. Wat beteken ek moet jóú, Topo, leer ken. En 'n beter manier om die proses aan die gang te kry, bestaan nie.

Hoe gaan ons weet wie jy is? Aan boord die SafeHaven?

Julle sal nie. Ek wil eers seker maak alles verloop volgens plan. Dan sal ek my gesig wys. Ek kan dus enige een aan boord wees, dalk nog die kaptein self. So, Topo, wat sê jy? Het ons 'n ooreenkoms?

Jy sal maar moet wag en kyk, Mukhbir.

Na die onderonsie met Mukhbir, skink Topo 'n glas rum en Coke, sak op die stoel in sy kajuit neer en met 'n swaar gemoed, bedink hy die toestand waarin hy homself bevind. Ja, die dae van seerowery is hier in die Golf van Aden en vêrder aan in die Rooisee, is getel. Seevaart-owerhede kry nou hul sake agtermekaar en dinge is geruime tyd reeds moeilik vir die stomme seerowers om 'n bestaan te maak. Wat die rede kan wees waarom seerowery nou na Wes-Afrika begin verskuif, spesifiek na die Golf van Guinee.

Wat veral teen seerowers begin tel, is die teenwoordigheid van oorlogskepe in die gebied en die wyse waarop teikens deesdae tegnologie gebruik om hulp te ontbied. Wat net een ding beteken: as seerower moet jy blitsvinnig toeslaan en nóg vinniger wegkom. Wat nie altyd so maklik is nie. Nietemin, hierdie is 'n geleentheid waarvoor hy, Topo, gewag het. Om vir oulaas self aan 'n operasie van so 'n aard hier in die Golf deel te neem.

Want, die jare haal hom in, sy kragte neem af en dis tyd vir iemand anders om die sindikaat se bedrywighede hier in die Golf oor te neem. Veral met Samatar wat nou so te sê 'n nul op 'n kontrak is en tien teen een nou vir Interpol werk. Samatar, die berugte seerower wat voorheen in beheer van Kraken se bedrywighede hier om Puntland was.

Aanvanklik het hy gereken om een van Samatar se top luitenante as sy opvolger aan te stel, maar toe besef hy nee, daar's nie 'n leier onder hulle wat uitstaan nie. Buitendien het dit tyd geword om nuwe bloed aan boord te bring. Wat moontlik is, want hier, reg onder sy neus, het twee sterk kandidate hul verskyning gemaak: sy seun Benner en Winston, bendeleier van die Kaapse Vlakte.

Wat seevaart betref, is die twee mannetjies wel onervare, maar oor die langtermyn hoef dit nie 'n faktor te wees nie. As Kraken sy seerowery moet staak, kan die een wat hier die nodige leierskap toon, elders in die sindikaat se topbestuur opgeneem word.

Die afgelope tyd het hy Benner en Winston dan ook onderlangs dopgehou. En beide het hom, op verskillende maniere, beïndruk. Benner met sy kreatiewe idees en vaardigheid sovêr dit hierdie e!Kang's besigheid betref, en Winston wat op jeugdige ouderdom reeds 'n geslepe misdadiger is.

Die probleem is dat hy nie tussen dié twee kan kies nie en nou is daar net een uitweg: laat die twee om leierskap meeding en laat die sterkste kandidaat oorneem, so eenvoudig soos dit. En dis waar informant Mukhbir se boodskap ter sprake kom.

Topo stap uit op die bodek van die DeathSquid, die nuwe jag wat Kraken nou in die plek van die Tinta Barocca as vlagskip gebruik. Die Tinta Barocca wat hy 'n paar dae gelede met plofstof 'n paar seemyl suid van Al Hudaydah laat opblaas het. Dit was moeilik om van die getroue vaartuig afskeid te neem, maar hy het geen keuse gehad nie. Met Interpol so knaend op sy spoor, het die Tinta Barocca net té bekend hier in die Golf van Aden en vêrder aan in die Rooisee geword.

Hy beveel een van die bemanningslede om Benner en Winston te ontbied en minute later sit die drie van hulle in Topo se kajuit. Topo verwys na Mukhbir se SMS en verduidelik dat hierdie 'n gulde geleentheid is om tot aksie oor te gaan. Maar, sluit hy af, hy wat Topo is, gaan nie in beheer van die operasie wees nie.

"Nee, ek wil hê julle twee moet die operasie lei, jointly."

Die twee kyk vraend na hom en dan praat Benner. "Jointly? Jy bedoel ons gaan al twee in command wees, Topo?"

"Dis exactly wat ek bedoel."

"Dit gaan difficult wees," kom Winston by en besef dan dat hy Topo se besluit kritiseer. "But yes, it can work."

"Ja," voeg Benner by en kyk berekenend na Winston, "sounds exciting."

"So," beveel Topo, "gaan werk uit hoe julle dit gaan doen en vanaand na aandete wil ek 'n action plan hê. 'n Complete action plan. OK?"

Oukei, knik die twee en woordeloos verlaat hulle Topo se kajuit. Topo grinnik onderlangs. Hier kom groot pret, want op geen manier kan die aksie wat nou wag, deur twéé bevelvoerders beheer word nie. Verbeel jou, twee kokke in een kombuis, veral twee sulke onervare kokke. Die twee se gebrek aan ervaring sal 'n risiko wees, maar hy sal dinge deeglik dophou en oorneem as dit nodig is.

Hy het geen idee op watter een van die twee hy sy geld gaan plaas nie. Hopelik tree sy seun Benner as leier na vore, maar dis nie nou tyd om sy bloedlyn voorop te stel nie. Nee, Kraken se belange kom nou eerste en as die geslepe klein Winston dit maak, laat dit dan so wees.

Topo skink weer vir hom 'n stywe dop rum en Coke, sak weer op die stoel in sy kajuit neer en nou voer sy gedagtes hom terug op die lang pad wat hy moes loop om tot hier te kom. Vêr terug, na die land van sy geboorte. Die Soedan.

Topo dink terug

Die Soedan, die land wat in vergange tye Ta-Seti en later aan Nubië genoem was.

Sy ma, 'n enkelouer, se naam was Badia. Sy wou nooit oor sy pa praat nie, maar hy onthou tog die man wat nou en dan by die huis was. Die man met harde oë en hande wat nóg harder was. En hy, klein Topo, se vrees vir die man.

Een woeste nag het Badia hom, klein Topo, op haar rug getel, by die hut uitgesluip en die pad suidwaarts gevat. 'n Land van melk en heuning het daar gewag, het sy verduidelik. En die land se naam was Suid-Afrika.

Hy onthou die geloop en geloop en geloop. Hy het soms op sy kort beentjies agter ma Badia aan gestrompel, maar meestal was hy op haar rug. Soms was hulle op karre wat deur donkies of osse getrek was, en dan weer op perdekarre.

Hy onthou lamlendige bakkies met rookdampe wat oor grondpaaie gestamp het en vir hoenders, bokke en kinders voor in die pad getoet het. Soms was hulle op oorvol busse wat skeef-skeef oor paaie vol slaggate geskommel het. Binnekant het die busse na sweet, tabak en diesoline geruik.

Hy onthou warm nagte onder die oop Afrika hemel en koue nagte in hutte met die skerp reuk van rook in sy neus. Wat hy veral onthou, is daardie lang tye wat hy op ma Badia se rug was. Die ritmiese gang van haar kaalvoete onder hom. Met gruispaaie langs en oor voetpaadjies het sy ma met hom gestap en gestap, doelgerig op pad na daardie land van melk en heuning.

Sy het gereeld vooroor geleun om die kombers waarin hy gedra was, los te maak sodat sy die knoop weer stewiger om haar dun lyf kon trek. Hy onthou die agterkant van haar kop, die lang nek en die groen kopdoek wat sy gedra het. As hy skuins gekyk het, was daar grasvlaktes en doringbome wat die verte in gestrek het. Hy het ook berge gesien, verder weg op die horison.

Daar was lang tye se gesit by hekke wat beman was deur mans in kakieklere met nors gesigte.

Sommige van hulle het gewere gedra. Hy onthou dat hy en sy ma onder drade deurgekruip het.

Een middag het Badia met hom deur 'n droë rivierloop gehardloop. Daar was skerp klapgeluide agter hulle en fluitgeluide oor hulle koppe. Die sand het in sulke hopies langs hulle opgespring. Maar hulle het dit gemaak tot in die bosse anderkant die rivierloop. Daar het sy ma doodstil met hom gelê en wag totdat dit donker was. Hy was honger en daardie nag het hy sy ma vir die eerste keer hoor huil. Hy was verstom, want hy nie geweet grootmense huil ook nie.

Soms het hulle vir lang tye op een plek gebly; waar hutte so in klompies langs mekaar gestaan het. Hy en Badia het in van die hutte geslaap, saam met vreemdes. Sy ma het bedags saam met vroue in die beddings langs die hutte met 'n pik geskoffel. Hy onthou die gesigte van kinders, bont hoenders wat in die stofstrate geskrop het en geel honde met spits ore wat almal dieselfde gelyk het. Na 'n ruk was hulle weer vort – verder na nuwe horisonne toe. En verder suid na die land wat ma Badia so baie van gepraat het; daar waar melk en heuning steeds op hulle gewag het.

Op 'n keer het iemand vir hom heuning gegee om aan te proe. Die soet daarvan het in sy mond weggesmelt – 'n soet wat lank aan sy tande bly kleef het. Van toe af kon hy nie wag dat hy en sy ma by hul bestemming moes uitkom nie. Mettertyd het hy te swaar geword vir Badia se rug en van toe af moes hy meer gereeld langs haar stap. Maar gelukkig was daar altyd nóg donkiekarre en nóg bakkies en nóg busse en soms ook ou karre waarin hulle kon ry.

Een nag het hulle in die donker op die wal van 'n rivier aangekom. Hulle was 'n klomp mense saam. Daar was mans met gewere tussen hulle. Almal het gefluister, maar hy kon tog die woord Limpopo hoor. Later sou hy hoor dis die naam van die rivier wat hulle daardie nag oorgesteek het.

Hulle het dit veilig tot anderkant gemaak en Badia het hom teen haar gedruk en gehuil en gehuil. Hy het skaam vir sy ma gekry, want hy was toe al sewe jaar oud. Maar toe het Badia begin lag en vir hom gesê hulle het aangekom, in die land van melk en heuning.

Die volgende dag het hulle in 'n oorvol geel bus gery. Hy was verbaas oor die paaie wat so glad was en oor die baie voertuie wat agter die bus aangekruie het. Van vooraf was daar net soveel voertuie. Hy het sy neus plat teen die venster gedruk en gekyk of hy êrens melk en die heuning kon sien. Daar was egter niks en hy het toe besluit dat hulle seker nog nie ver genoeg gery het nie.

Maar hulle wás by hul bestemming en dit was sy eerste ontnugtering. Daar was toe nêrens melk en nog minder heuning te sien nie. Ook nie eens in die reuse stad waarin die bus met hulle die aand van die eerste dag aangekom het nie. Hy was bang, maar wou dit nie wys nie. Hy het die idee gekry dat ma Badia ook bang was, want sy het aan hom bly klou.

Hy sal sy eerste indruk van die stad nooit vergeet nie. Die ligte, die geboue, die paaie, die brûe, die voertuie, nog paaie, nog brûe en net mense en mense en mense.

Van die bus af het hulle ver gestap en weer 'n ent in 'n kleiner bussie gery. Dit was toe al weer donker en hulle het aangekom in 'n plek wat Alexandra Township genoem is. Hulle is by 'n huisie in waar daar ook ander mense gewoon het. Ma Badia was moeg en sy het op 'n smal bedjie gaan lê.

'n Vrou het vir hulle pap en vleis gebring, maar sy ma wou nie eet nie. Hy het sy kos geëet, by sy ma op die bedjie gaan lê en dadelik aan die slaap geraak. Die volgende oggend het die son geskyn en hy het weer deur die venster gaan kyk of hy melk en heuning kon sien. Maar daar was steeds niks. Net weer mense en mense en bussies en karre.

Ma Badia het die daardie oggend nie opgestaan nie. Ook nie die oggend daarna nie. Haar gesig was blink van sweet. Hy het gehoor mense praat van malaria. Op die derde oggend het Badia hom nader gewink en gesê hy moet sy pa vergewe, want sy het hom ook vergewe.

Daarna het sy deurmekaar begin praat en 'n paar nagte later het 'n voertuig haar kom haal. Dit was wit, met 'n rooi kruis op die deure geverf. Hy het sy ma nooit weer gesien nie. 'n Dag later het twee mans met mooi klere daar in die township opgedaag, hom in 'n deftige kar gelaai en na hulle ewe deftige huis toe geneem.

En van toe af kon hy net hier en daar onthou wat gebeur het. Die mans het kaal in die huis rondgeloop, voor mekaar en voor hom. Hy moes aan hulle vat en hy wou nie. Hulle het hom teen die kop geslaan. In die nag het hulle hom op die bed vasgedruk en die volgende oggend het sy onderlyf gepyn.

Hy het weggeloop, maar die polisie het hom gevang en weer na die huis van die kaal mans terug geneem. Hy het weer weggeloop en 'n tyd lank saam met 'n klomp straatkinders geleef. Hulle het by verkeersligte gebedel en groente en sigarette by straatsmouse gesteel. Hulle het gom gesnuif en as hul koppe begin tol, het hulle histeries vir mekaar en vir alles om hulle gelag.

Hy is een aand na 'n plek wat hulle 'n nagskuiling genoem het. Daar het hy die huishoudster Mamma Salina ontmoet en sy hele lewe het verander. Hy het bedags vrywillig by die skuiling gewerk en Mamma Salina met die versorging van die ander kinders gehelp. Saans het hy by die skuiling begin slaap.

Mamma Salina het hom as haar eie kind aangeneem en vir sy klere en skoolgeld betaal. Hy het soos 'n besetene geleer. Na matriek is hy na die polisie-kollege waar hy 'n diploma ontvang het. Hy het as konstabel begin, maar die offisiere het gesien hy is briljant en hy word bevorder, veel vinniger as sy tydgenote.

'n Jaar later het 'n bende straatkinders Mamma Salina aangeval en sy het aan die meswonde beswyk. Toe hy die oggend na die begrafnis wakker word, het hy net geweet dat iets in hom verander het. Dis asof die verdowing van Mamma Salina en ma Badia se liefde uit sy gestel gewerk was. Hy het die lewe uiteindelik gesien soos wat dit rêrig was.

Hy het na homself gekyk en 'n man met woede gesien – woede wat geen perke geken het nie. Hy wou wraak neem teen alles wat onregverdig was, maar hy het nie geweet hoe nie. So het hy met misdaad begin en dit was veel makliker as wat hy gedink het. Want as polisieoffisier was hy bo verdenking gewees.

Hy het by die Kraken-sindikaat aangesluit en homself vinnig deur die range na bo gewerk. En toe hy weer sien, was hy Mafioso by seker die magtigste misdaadgroep ter wêreld.

Topo kom orent, rek hom uit, skink sy glas weer vol rum, hierdie keer sonder ys en Coke.

As hy nou terugdink, het hy 'n lang lewe agter die rug. Baie gesien, baie gedoen, baie gehoor. Maar een insident wat bo al die ander uitstaan, was sy laaste gesprek met ma Badia, op haar sterwens bed, toe hy skaars kon uitmaak wat sy gesê het. Maar hy onthou tog haar laaste, hortende, woorde. Toe sy hom gevra het om sy pa te vergewe. Die pa van hom, daar in die Soedan, van wie hy nie eens die naam geken het nie.

Waarvoor moes hy sy pa vergewe? wou hy weet.

"Hy wou jou verkoop," het ma Badia gefluister. "Dis hoekom ek met jou weggeloop het."

"Verkoop? Aan wie?" het hy gevra, verstom.

"Aan Kraken," het sy ma gesê.

"Kraken? Wie is Kraken?" wou hy weet, maar sy ma het nie geantwoord nie. Net met leë oë oor sy skouer teen die muur agter hom vasgekyk. En van daai oomblik af, was dit 'n obsessie by hom uit te vind wie Kraken is.

Om wraak te neem teen skobbejakke soos daai vervloekte pa van hom en ook omdat dit ma Badia se laaste woord was.

Winston se meesterplan

Wat gaan met sy pa Topo aan? wonder Benner daardie aand.

Hy en Winston sit in Topo se kajuit aan boord die DeathSquid, beide gereed om die aksieplan waarvoor Topo gevra het, voor te lê: hoe die skip SafeHaven met die 43 weeskinders van UNICEF aan boord, gekaap kan word.

Hoe op aarde gaan hy hierdie operasie saam met windgat Winston geloods kry? wonder Benner. Wat sou agter Topo se besluit sit? Duidelik is dit om hom en Winston teen mekaar op te weeg, maar hoekom? Kraken is 'n massiewe sindikaat en daar's tog oorgenoeg plek vir beide hom en Winston? Ja, Topo voer iets in die mou, dis nie altemit nie.

Topo doen die inleiding en noem dat alles bevestig is. Daar lê inderdaad 'n vaartuig genaamd SafeHaven in die hawe van Al Hudaydah en wag om die kinders aan boord te neem. Informant Mukhbir, wie dit ook al is, se inligting was toe reg.

Nou, verduidelik Topo, die operasie moet in 3 stappe geskied. Stap 1, is om die SafeHaven vinnig en onopsigtelik te kaap. Stap 2, is om die skip dan so gou moontlik in die gebiedswaters van Somalië te kry sodat stap 3 kan volg. Naamlik om die kinders in klein groepies aan wal te bring van waar hulle dan na markte in veral Europa en die Midde-Ooste versprei kan word.

So, sê Topo, wat hy vanaand wil hoor is hoe Benner en Winston die eerste twee stappe gaan hanteer, met ander woorde hoe vinnig kan die kinders in Somalië se gebiedswaters gekry word. Hy, Topo, sal met Kraken se seerower-netwerk self na stap 3 omsien om dinge dan verder te voer.

Winston kom eerste aan die woord en hier is sy plan: Hy en Benner vermom ons as hawepolisie en gaan aan boord die SafeHaven terwyl die skip nog ewe niksvermoedend hier in die hawe van Al Hudaydah lê. Dan, deur 'n dienspistool in die skeepskaptein se rug te druk, beveel ons dat die skip onmiddellik anker lig en suidwaarts na Puntland toe vaar.

Die kaptein word gedreig dat indien hy die bevel weier of 'n noodsein iewers heen stuur, hy en sy niksvermoedende bemanning en daarna die stomme weeskinders dit sal ontgeld. En later die nag, gaan Winston voort, ontmoet hulle die skip DeathSquid buite die hawe om Topo in persoon en nog 'n paar ekstra bemanningslede van Kraken aan boord die gekaapte SafeHaven te plaas.

Dan is dit voet in die hoek, Puntland toe, met die DeathSquid wat hulle op 'n veilige afstand volg. Met Interpol en geen ander siel wat sal weet wat op die SafeHaven aangaan nie. Wat meer is, die dienste van e!Kraken sal nie eens nodig wees nie, altans nie gedurende die uitvoer van sý plan nie.

Benner kyk onderlangs na Topo en toe weet hy onmiddellik Winston se plan is 'n wenner, veel beter as enige iets waarmee hy, Benner, vorendag kan kom.

"Ek like jou plan," sê Topo vir Winston, "maar kom Benner, hoe werk jóú plan?"

"Nee," sê Benner, "dis onnodig om nóg planne voor te lê. Winston se plan kan werk."

Die volgende namiddag staan Benner langs Topo en Winston op die brug van die SafeHaven.

Hulle het Al Hudaydah die vorige aand verlaat en laat oggend deur die seestraat Bab al-Mandab gevaar. Nou strek die ooptes van die Golf van Aden voor die boeg van die skip uit. In die vragruim hieronder in die buik van die skip, is die 43 weeskinders, vergesel deur twee vroue van UNICEF, beide in swart burqas geklee. Ja, Winston se plan was 'n meesterstuk, al was dit so gewaagd. Of was dit 'n meesterstuk, juis omdat so gewaagd was?

Benner bekyk die kaptein van die SafeHaven wat hier saam met hulle op die brug verkeer. Die man lyk steeds verslae, asof hy nie kan glo wat hier op sy beleërde vaartuig aan't gebeur is nie. Want van meet af kon Winston se plan nie beter verloop het nie.

Benner en Winston het toe, as hawepolisie vermom, doodluiters aan boord die SafeHaven gekom, op hierdie einste brug 'n pistool in die kaptein se rug gedruk en gewaarsku dat teenstand van enige aard dodelike gevolge vir almal aan boord sou hê, vir die klompie weeskinders veral.

Die verskrikte kaptein het homself daarna soos 'n lam ter slagting laat lei, want uit ervaring moes hy onmiddellik besef het dat hy hier met meer as net twee aanvallers te doen het. Ook dat hy en sy skip 'n weldeurdagte plan ten prooi geval het. Die kaptein het dan ook sy samewerking beloof en deurentyd gepleit dat die kinders asseblief nie leed aangedoen moet word nie.

Benner het 'n paar keer af na die skip se vragruim gegaan om 'n oog oor die gyselaars te hou. Soos te wagte, was die kinders verslae en stil. In hul swart burqas, was die twee vroue van UNICEF eweneens gedwee en op hul plek. Wat presies aan die gebeur was, het die gyselaars duidelik nie geweet nie. Net dat iets baie onpluis was en dat hulle dit nie uit die vragruim, wat ook as hul slaapvertrek dien, kon waag nie.

Moeg vir Winston se selfvoldane geklets, begewe Benner homself weer af na die woonkwartiere. Een van die vroue is besig om die kinders in Arabies toe te spreek. Moet seker een of ander interessante verhaal wees, besluit Benner, want die kinders sit vasgenael en luister.

Die ander vrou sit eenkant en hou hom deur die skrefie van haar burqa dop. Hulle oë ontmoet en Benner voel 'n rilling langs sy ruggraat afglip, want dis asof daai twee oë dwarsdeur hom kyk.

Vir 'n oomblik oorweeg hy om op die vrou af te stap en die sluier van haar gesig af te pluk, maar iets hou hom terug. Wat weet hy nie. Dalk die onverbiddelike kyk in die twee donker oë? Raak aan my, sê die twee oë en dis verby met jou.

Skielik hoor hy 'n stem agter hom bulder. "Ek is hier om die hostages te body search." Dis Winston wat in die deur van die vragruim staan.

"Ek het hulle lankal ge-body search," keer Benner. "Ek hét jou gesê."

"Jy kon op geslip het," sê Winston en stap doelgerig op een van die vroue af, die een met die oë wat Benner die rillings gee. Winston staan voor die vrou en lig sy arms sywaarts om te beduie dat hy haar lyf wil betas.

Die vrou reageer nie en kyk met die smeulende oë deur die skrefie van haar burqa na die kapokhaan voor haar. Winston lyk vir 'n oomblik ontsenu, maar toe tree hy met mening nader aan sy slagoffer. Hy kom egter nie verder nie, want Benner pluk hom aan die arm van die vrou af weg. "Ek het jou gesê die body search is gedoen. Jy soek nou net vir shit."

Winston swaai weg van die vrou en begluur Benner oor 'n afstand van 'n paar sentimeter. Dis doodstil in die vragruim met net die dowwe geklop van die skip se enjins op die agtergrond. Die kinders kyk verskrik toe. Winston swets, draai weg van Benner, gluur dreigend na die verskrikte gyselaars en toe verkas hy teen die trap op na die bodek toe. Benner kyk weer na die vrou wat pas die noue ontkoming gehad het. "Wat is jou naam?" vra hy op Engels. Hy kry egter geen reaksie nie, net die twee oë wat hom steeds smeulend deur die skrefie van haar burqa betrag.

Benner voel weer die rilling teen sy ruggraat af trek. Toe trek hy sy skouers op, draai weg, klim met die trap op na die bodek van die skip en daar staan hy die seevlak van die Golf van Aden en beskou. Wat is dit met daai vrou se twee oë? wonder hy vir die soveelste keer. Dis of sy dwarsdeur hom kyk en presies weet wat in sy kop aangaan.

En natuurlik het hy vroeër vir Winston gelieg. Hy het geen soektog op die lywe van die twee vroue gedoen nie. Aanvanklik wou hy, maar dis asof die twee vroue agter swart skanse skuil wat ondeurdringbaar is.

Hy het wel vinnig deur die bagasie van die gyselaars gekrap, maar op niks verdag afgekom nie. Die vroue het nie veel in hul knapsakke gehad nie en die kinders nog minder. Meestal net 'n paar stukkies verslete klere, verkreukelde prenteboeke en ou speelgoed.

Die speelgoed het hom onverwags laat dink aan daardie pienk hasie wat Siti destyds daar in die vragruim van die skip, die Navio Pirata, buite Mosselbaai gekry het. Daardie hasie wat, soos Siti vertel het, haar lewe verander het. En hoe hét hulle almal se lewens nie verander nie! Asof hulle karakters in 'n fliek is met 'n draaiboek wat deur iemand anders geskryf is. En as daar wel so 'n draaiboekskrywer is, kan dit net kruppel Kareltjie met die houtbeen wees.

Sy gedagtes word onderbreek toe hy in die vêrte, op stuurboordkant, die deinserige kuslyn van Afrika gewaar. Soos hulle nou vorder, het sy pa Topo vroeër verduidelik, behoort hulle laatnag in die omtes van Bosaaso te wees. Die besending kinders sal dan, volgens plan, in groepies deur verskeie seerowerskepe aan wal geneem word en so sal hierdie operasie tot 'n einde kom. Tensy iets skeefloop, soos 'n Interpol wat uit die bloute toeslaan om die kinders te red. Wat nie onmoontlik is nie, want die kaptein van die SafeHaven kon op 'n manier tog 'n noodsein uitgestuur het. Of dalk kon een van die twee vroue van UNICEF dit gedoen het. Met 'n selfoon wat onder daardie swart burqas versteek kon wees.

Maar gelukkig, met die kinders aan boord, is daar nie veel wat Interpol of enige iemand anders aan die SafeHaven sal kan doen nie. Behalwe om hulle te agtervolg met die hoop dat Topo uiteindelik geen ander keuse sal hê as om oor te gee nie.

Maar natuurlik het Topo wél 'n ander keuse en dit is om hom, Benner, opdrag te gee om inkvis e!Kraken te aktiveer. Wat Topo en sy hele Kraken-sindikaat eintlik onaantasbaar sal maak. En, grinnik Benner onderlangs, raai wie sal dán die held in die verhaal wees? Maklik om te raai, want dit sal in daai geval beslis nie ene Winston wees nie.

Benner voel na sy slimfoon in sy binnesak en vir 'n oomblik oorweeg hy om e!Kraken in elk geval te aktiveer. Ja, hoekom nie? Die inkvis sal, soos wat hy geprogrammeer is, tog net die skip waarop Topo hom bevind, agtervolg. Hy onderdruk egter die versoeking en sit die foon terug in sy binnesak. Hy moet geduldig wees, want sy kans gaan kom, vroeër eerder as later. En sal dit nie iets skouspelagtig wees nie! Die e!Kang van alle e!Kang's in aksie!

Skielik onthou hy weer van Karel, die man agter hierdie hele absurde e!Kang's verhaal. Waar sou

Kareltjie homself vandag bevind? En wat sal hy sê as hy ooit van e!Kraken te hore moet kom?

Wat hom aan Siti laat dink. Sy weet wel van e!Kraken, maar waar op aarde bevind sý haarself vandag? Steeds iewers daar in Al Hudaydah? Nadat sy vlak voor hulle oë op daai skuit van die hawepolisie gespring en soos 'n groot speld in die vreemde stad verdwyn het. Verdwyn is die regte woord nie, want selfs vanuit Topo se netwerk van informante was daar geen taal of tyding van die pragtige meisiekind nie.

En is die besigheid met Siti nie 'n raaisel nie? 'n Raaisel reg van die begin af, toe sy haarself daar buite die hawe van Bosaaso in Somalië oorgegee het. In ruil vir die tik-verslaafde meisie, Maria, suster van daai speurder watsenaam. Ja, hy't nou daai kaptein se naam vergeet.

Hoe ook al, Siti was saam met hulle op die Tinta Barocca, al die pad tot by daardie fjord in Noorweë en weer terug. En hy, Benner, het heeltyd gewag dat sy haar troef sou speel. Om watermeid e!Marli te aktiveer, wat om een of ander rede toe nie gebeur het nie. Dít kon hy nie kleinkry nie, want hy was oortuig dat Siti haar slimfoon steeds by haar het en net vir die regte oomblik gewag het om tot aksie oor te gaan.

Sjoe, dink Benner, nou knop in die keel, waar is die dae toe hulle, as laerskoolkinders, bloot net onskuldige pret as lede van die !Kang's bende gehad het? Daar op Kangokop, die Karooplaas buite Kangoberg. Toe Siti nog sý meisie was.

Voordat kruppel Kareltjie met sy houtbeen alles kom verongeluk het.

Uiteindelik sak die son agter die donker silhouette van Afrika weg, wes van die SafeHaven. Die vasteland van Afrika is nou heelwat nader en in die skemerdonker kan Benner die flikker van ligte in die vêrte op die kuslyn uitmaak. Dit kan Bosaaso wees wat beteken dat fase 3 van hul missie nou enige oomblik kan begin. Synde die kinders wat in groepies deur seerowerskepe aan wal gebring gaan word.

Benner wil homself na die brug van die SafeHaven begewe om by Topo, Winston en die kaptein aan te sluit, maar skielik raak hy onrustig.

Iets is fout. Wat? Nee, hy't geen idee nie, tog is daar 'n stem in sy binneste wat waarsku dat iets wag om te gebeur. Iets onheilspellend. Toe, asof hy geen beheer oor sy eie aksies het nie, begewe hy homself na die agterstewe van die skip, haal hy sy slimfoon uit en aktiveer e!Kraken.

Die massiewe inkvis verskyn vlak agter die skip en dan sak dit stadig af, onder die donker oppervlak van die Golf van Aden in. In die skemerte sien Benner die ritmiese gevee van die monster se tentakels en die twee reuse-oë wat uit die diepte op na hom kyk, asof die ding hom wil hipnotiseer.

Wat in 'n sin wel gebeur want, asof hy in 'n beswyming is, staar Benner terug in die twee oë.

Siti slaan toe

Deur die skrefie van haar burqa, bekyk Siti die kinders wat in die vragruim van die SafeHaven om haar lê en slaap. Dankie tog dáárvoor, want dis nou tyd om haar eerste skuif te maak.

Sy loer deur die patryspoort van die vragruim en sien die geflikker van ligte op die donker horison van die Golf van Aden. Ja, dit moet Bosaaso wees, wat beteken dis inderdaad tyd om tot aksie oor te gaan.

Sy kyk deur die patryspoort en bedink die paar dae wat verloop het sedert sy van die Tinta Barocca af ontsnap het en met die hulp van die hawepolisie by UNICEF uitgekom het. Destyds, daar in haar geboortedorp Kangoberg, het sy geweet dat iets vreemds en opwindend hier in Jemen op haar wag, maar nie naastenby hóé vreemd en opwindend nie. Dis nou as angs en skok as opwindend beskou kan word.

Sy was verstom oor alles wat met haar gebeur het, veral toe sy besef het dat sy met haar meesterplan gaan deurdruk, kom wat wil. Die plan wat bietjie vir bietjie, soos die stukke van 'n legkaart, in haar gedagtes posgevat het. Daar in die donker kajuit op die Tinta Barocca toe sy besef het dat sy, Siti, nou die enigste een is wat Topo en sy magtige Kraken in hul spore kan stuit.

Veral toe sy ook besef hoe gewaagd die plan eintlik is, gegewe dat sy sou moes dobbel, veral met die lewens van 'n klomp weeskinders. Male sonder tal wou sy die plan laat vaar, maar telkens weer besef dat iets gedoen moes word, en dat sy nie aan 'n beter plan kon dink nie.

Ja, sy moes 'n lokval vir Kraken stel, want niks anders sou werk nie. En noudat sy dit bedink, met hul voorneme om die gruwels en rampspoed in Jemen tot hulle eie voordeel aan te wend, het Kraken hierdie lokval eintlik vir hulself gestel.

In die proses was daar talle moeilike oomblikke, maar die een wat uitstaan was toe sy, onder die skuilnaam Mukhbir, Kraken laat weet het van die besending kinders wat vir Turkye bestem is. Goed, Topo sou in elk geval deur sy eie informante van die SafeHaven te hore gekom het, maar sy, Siti, moes dubbel seker maak. En het dit nie gewerk nie! Want hier is sy nou, gereed om die volgende stap te neem. Die stap wat sekerlik die mees kritiese een gaan wees.

Sy voel na haar slimfoon wat sy nog heeltyd onder haar burqa wegsteek en verlig sien sy dat daar 'n sterk selfoonsein is. Toe skakel sy 'n nommer en begin fluisterend praat.

"Het jy ons posisie, kaptein Trompie? Die SafeHaven se koördinate?"

"Ja, julle is skaars 15 seemyl van ons af weg. Is jy gereed om tot aksie oor te gaan?"

"Ek is, ja. En die watermeid ook. Ek het haar al 'n paar keer getoets."

"Goed dan. Interpol staan gereed met 'n duikboot, twee vinnige skibote en twee helikopters met mortiere. Kraken se doppie is so te sê geklink. Ons wag nou net vir jou finale sein. En sterkte daar vir jou, Siti."

"Dankie, en my sein behoort so oor 'n kwartier te kom," fluister Siti met 'n stem wat bewe.

Sy stap oor na waar kollega Sandy op haar slaapsak in 'n dagboek sit en skryf.

"Is jy reg, vriendin?" fluister Siti op Engels in Sandy se oor.

"Ja, ek is so reg as wat ek kan wees," fluister Sandy terug. Sy wil egter net dubbel seker maak dat sy gaan doen wat Siti van haar verwag. En dit is om op te stap na die skip se brug waar Topo en sy trawante is, haar burqa af te haal en vir Topo te sê daar's 'n probleem: Kraken word in 'n lokval gelei.

Sy en haar maat, dis nou die ander vrou in die burqa, wil die lokval ontbloot, maar nie hier op die brug nie. Nee, hulle wil alles vertel, maar verkieslik eenkant waar hulle nie deur verkeerde ore gehoor kan word nie. Eenkant, soos in die kajuit wat Topo aan homself toegeëien het. Sy twee jonger kollegas moet ook teenwoordig wees.

En, gaan Sandy voort, as Topo wil weet hoekom hulle die lokval nóú ontbloot, sal sy verduidelik dat hulle bang is dinge loop skeef. As daar geweld sou uitbreek, sal die kinders daaronder ly.

Perfek, knik Siti, en as Sandy die drie in Topo se kajuit gekry het, sal sy by hulle aansluit, ook sonder haar burqa.

Minute later sien Siti hoe Topo met die trap van die bodek afklim en, gevolg deur Winston, Benner en Sandy, by sy kajuit instap. Dankie tog, dink Siti met 'n hart wat in haar borskas tamboer, Sandy het die aas uitgehou en die drie visse het gebyt.

Die oomblik waarop sy so vreesbevange gewag het, is hier.

Sy kyk vlugtig oor haar skouer om seker te maak die kinders slaap almal, klou aan haar selfoon en sekondes later staan sy langs Sandy in Topo se kajuit.

Die drie mans gaan sit en Topo praat. "OK, this ambush you are talking about? Tell us about it?"

"Ek is bevrees dis te laat," sê Siti en lig die burqa van haar gesig af. "Julle drie morone het klaar in die ding getrap, pens-en-pootjies."

Sy kyk af op die drie voor haar en geamuseerd besef sy dat indien sy ooit gewonder het hoe verbysterde gesigte rêrig lyk, dan weet sy nou. Steeds kalm, bring sy haar selfoon te voorskyn, druk die een toets en die volgende oomblik sit die rotstekening van watermeid e!Marli lewensgroot teen die muur van die kajuit geëts.

Soos afgespreek, spring Sandy vir die deur, klap dit van buiteaf toe en nou is Siti en die watermeid alleen saam met Topo en sy twee trawante in die kajuit.

"Moenie beweeg nie," dreig Siti. "Sit doodstil, anders gaan die watermeid haar ding doen."

Topo en Benner is wys genoeg om te gehoorsaam, maar Winston nie.

Hy spring vir die kajuit se deur, helemaal te stadig. Want die volgende oomblik is e!Marli op hom, kry hom aan die veelkleurige sekel op sy kop beet en stamp sy gesig met 'n dowwe slag teen die einste deur waarvoor hy gemik het.

Die watermeid laat los en haar prooi sak op sy knieë op die dek van die kajuit neer. Die mannetjie se oë traan en bloed spuit deur sy stukkende neus. Toe sleep e!Marli hom na sy stoel en prop hom terug daarin.

"Nou," gaan Siti voort asof niks gebeur het nie. "Hier is wat van nou af gaan gebeur. Julle drie gaan in hierdie kajuit bly, in die watermeid se geselskap. Een verkeerde beweging en sy slaan weer toe. Soos pas met Winston, elke keer net harder. Enige vrae?"

Doodse stilte, behalwe Winston wat sukkel om deur sy gebreekte neus asem te haal. Die einste neus en een oogbank staan reeds dik geswel. Topo en Benner staar haar aan, asof hulle nie kan glo hoe hulle situasie binne sekondes verander het nie.

Toe praat Topo. "Wat gaan jy nou doen? Met ons?"

"Ek gaan niks doen nie, maar Interpol gaan wel iets doen. Hulle behoort binne die volgende halfuur hier te wees. Om julle op te pik. En wat hulle dan met julle gaan doen, weet ek nie. Wat ek wel weet, is dat Kraken se doppie geklink is."

Toe, asof sy verwag dat e!Marli haar woorde moet beaam, draai sy na die beeld van die watermeid wat nou weer roerloos teen die muur geëts is, asof sy nog altyd daar was.

"O ja," gaan Siti voort, "voor ek vergeet. Ek soek julle selfone, veral die een met daai inkvis op."

Topo en Winston oorhandig hul slimfone, maar Benner nie. In stede praat hy. "Jy't vroeër gesê ons is te laat, Siti, maar jy's verkeerd, my skat. Jý is die een wat te laat is. e!Kraken is reeds ge-activate. Die squid swem agter ons aan en jy weet wat dít beteken."

"Jy lieg, Benner," sê Siti en terselfdertyd voel sy hoë die bloed uit haar gesig vloei.

"Hoekom gaan kyk jy nie self nie?" sê Benner, ewe smalend." En vat sommer jou watermeid saam. Ons sal vinnig sien of sy 'n match vir ons squid gaan wees. En by the way, my selfoon is weggesteek. So, jy sal nie die squid terug ge-capture kry nie."

Toe draai Benner na Topo, ewe selfvoldaan. "Sorry boss, ek het die squid ge-activate, sonder jou permission."

Topo kyk na Benner en toe na Siti. "Lyk my dis nou 'n case van 'n checkmate, meisie? Dis nou jou watermeid teen my squid, is dit nie?"

Siti kyk af in Topo se oë. Ja, dis beslis nou skaakmat, maar sy het tog 'n geringe voorsprong. e!Marli kan baie vinniger by haar prooi uitkom as wat die inkvis by syne kan kom. Wat meer is, die inkvis sal nie toeslaan as sy aksies die lewe van Topo bedreig nie. Topo se veiligheid is, boweal, e!Kraken se prioriteit. Dis tog hoe hy geprogrammeer is.

"Goed," sê Siti, "ek gaan nou kyk of jy vir my lieg, Benner. En julle drie gaan hier bly, tjoepstil, anders gaan die watermeid haar vervies. Wat beteken julle inkvissie sal te laat wees."

Met 'n hart wat in haar keel klop, stap Siti af na die skip se agterstewe. Die maan is weg en 'n deinserige naghemel verdoof meeste van die sterrelig. Tog kan sy die deining van die see agter die skip uitmaak.

Sy kyk en kyk, maar gewaar niks vreemd nie. Net strepies fosfor wat dan en wan op die watervlak blits. Ja, hier is niks ager hierdie blerrie skip nie, besluit sy, verlig. Sy sou sy die massiewe inkvis reeds gewaar het. Benner hét toe vir haar gelieg.

Sy draai terug en mik vir die trap na die bodek, maar toe steek sy vas. Want uit die hoek van haar een oog, gewaar sy dit: die punt van 'n tentakel wat aan stuurboordkant om die reeling van die skip se agterstewe gevleg is. Toe gewaar sy nog 'n tentakel, en nog een.

Sy draai haar gesig na die bakboordkant en gewaar dieselfde: tentakels wat aan daardie kant ook om die reeling gevleg is. Sy swaai om en kyk na agter, in die reuse twee oë van e!Kraken vas.

Vir 'n oomblik flits daardie toneel in 'n prenteboek uit haar kinderdae weer voor haar verby. Van die tamaai inkvis wat sy tentakels om 'n Noorweegse seilskip slaan, op die punt om die skip te vergruis en na die bodem van die see te trek.

Toe, asof e!Kraken besluit dat Siti nou genoeg gesien het, vou hy sy tentakels weg van die reeling en sak stadig onder die water in. Tog hou sy massiewe oë Siti se blik gevange, dwarsdeur die pikswart water van die Golf van Aden.

Siti gryp na haar selfoon, mik na die inkvis en met blinde hoop, aktiveer sy die kamera se sluiter. Maar soos wat sy kon verwag, gebeur daar niks. e!Kraken pols steeds ongesteurd agter die

SafeHaven aan. Die monster kan net deur Benner se foon gedeaktiveer word.

Toe, met 'n lam gevoel in haar binneste, skakel Siti Trompie se nommer.

Spookeffek!

"So, ek is jammer, Karel," hoor Karel kaptein Trompie Bopape oor sy selfoon sê. "Daar's niks aan die saak te doen nie. Siti se plan kon gewerk het, was dit nie vir daai flippen inkvis nie."

"Laat ek nou net seker maak ek verstaan reg," sê Karel, moedeloos, "Jy sê dis skaakmat, daar by julle in die Golf. Die oomblik as die watermeid Topo aanvat, sal die inkvis toeslaan. En as die inkvis toeslaan, sal die watermeid op haar beurt weer vir Topo aanvat. En met die kinders en Siti-hulle aan boord, kan Interpol op hulle beurt óók niks doen nie."

"Dis waar ons nou staan, ja."

"Waar is jý nou, Kaptein? Nog op die SS Fathia? Saam met Annisa? En Samatar?"

"Ja, ons volg die SafeHaven op 'n veilige afstand. Mens weet nooit wat daai inkvis kan doen nie. Dalk draai die flippen ding nog terug om óns aan te val."

"Hoe weet ons die ding is onvernietigbaar?" vra Karel, wel wetende wat die antwoord is.

"Wel," reageer Trompie, "ons het vroeër 'n duikboot gestuur wat 'n hele paar torpedo's deur die ding geblaas het, sonder enige effek. Ons het selfs 'n klomp hommeltuie met plofstof op die ding afgestuur, met ewe min effek. Hy klap die tuie met sy tentakels weg, soos wat mens met 'n swerm lastige vlieë sou doen. Dan ontplof die goed skadeloos oor die see. Hy beskou dit as 'n speletjie, een wat hy blykbaar geniet."

"En die SafeHaven? Het hy dit nog nie beskadig nie?"

"Nee, hy sal ook nie. Nie met Topo aan boord nie. Siti sê die ding is so geprogrammeer. Terloops, ek het darem goeie nuus ook. 'n Klein bietjie, maar dis beter as niks. Ons kon die DeathSquid buite aksie stel. Ons het gesien hulle volg die SafeHaven en volgens Interpol se rekords word daai jag met Kraken verbind. So, ten minste kan Topo-hulle nie meer op die DeathSquid staatmaak nie."

"Waar staan ons nou, Kaptein?" vra Karel. "Met hierdie skaakmat? Het Interpol enige idee wat nóú gaan gebeur?"

"Nee, dinge is nou In Siti se hande en wat die stomme meisie kan doen, weet nugter. Haar grootste taak gaan wees om die inkvis en die watermeid weg van mekaar af te hou, het sy gesê. As die inkvis die watermeid uitvat, is alles verby. En ja, Karel, ek wou al vra. Wat dink jý gaan gebeur as die twee mekaar takel? Staan die watermeid enige kans?"

"Ek glo nie. Daai jafel wat die waterslang in die inkvis verander het, het geweet wat hy doen. Dit was slim om Noorweë toe te gaan. Om hul huiswerk daar te gaan doen."

"Maar inkvisse het tog natuurlik vyande? Kan jy nie nog 'n e!Kang ontwikkel nie? Een wat die inkvis wel kan aanvat nie?"

"Ja, inkvisse het baie vyande. Groot inkvisspesies word veral deur walvisse en haaie aangeval en opgevreet. Ek het gedink om 'n walvis te ontwikkel, maar dit kan 'n hele paar dae vat, ten minste drie. En in drie dae, kan baie gebeur."

"Wel," sê Trompie, "wat anders kan ons doen? Vat die kans, Karel. Hierdie skaakmat-situasie kan dalk langer as drie dae duur en dan het ons darem iets om mee terug te slaan."

"Goed, Kaptein, ek doen my bes."

"Dankie, Karel. En weet jy wat? Ek kan nie glo dat ons by hierdie punt uitgekom het nie."

"By watter punt?"

"Dat ons almal, Interpol ingesluit, nou in die hande van die e!Kang's beland het."

Ja, besluit Karel, Trompie is reg, al klink dit hóé absurd, maar hy sê dit nie. Ook nie dat 'n tienermeisie uit die Klein-Karoo nou 'n sleutelfiguur in hierdie hele drama geword het nie.

Karel lui af en stap na buite, oor die grasperk en gaan sit op die tuinbank, die einste bank waarop hy en Siti die afgelope jaar soveel tyd hier in sy ouma se tuin spandeer het.

Hy besef nou dat dit reeds sy derde dag terug hier op Kangoberg is. Hy het spesiaal hierheen gekom omdat Johannesburg eenvoudig net te klein vir hom geraak het. Dis nou nadat hy en Zelda terug uit die Richtersveld is – terug vanaf Kuboes en terug van daardie Wondergat af. 'n Besoek wat sy hele lewe verander het. Soos wat sóveel goed deesdae sy lewe verander.

Maar, weet hy ook, daar is nóg 'n rede hoekom hy terug hier op Kangoberg is. En dit is die kelder hieronder in Ouma se huis. Daardie kelder waar Oupa sy eksperimente in kwantumfisika destyds gedoen het. Kwantumverstrengeling, om presies te wees. Wat maar net 'n fênsie woord vir Einstein se spookeffek is.

Dis waar al die drama met die e!Kang's begin het. En as die kelder die plek is waar die probleem begin het, is dit dalk ook die plek waar hy die oplossing gaan vind. Dis nou te sê as daar ooit 'n oplossing vir hierdie hele gemors bestaan.

Hy begewe hom af na die kelder en minute later sit hy in stilte in die skemerte van die vertrek. Alles lyk soos die dag toe hy dit die eerste keer betree het. Die lessenaar met die boekrak eenkant en die rekenaar met die vreemde apparaat daaraan gekoppel, beide items onder die ou stowwerige wit laken bedek.

Oorkant is die wit gekalkte muur waarteen Oupa destyds sy eerste beelde ge-teleporteer het. Met daardie program tPort. Sjoe, dink Karel, wat sou Oupa gesê het as hy moes weet waarvoor tPort intussen gebruik is. Of dan misbruik is. Ja, Oupa sal in sy graf omdraai.

Hy neem agter die lessenaar plaas, werskaf deur die laaie en kom op Oupa se dagboek af. Die een waarin al die vreemde eksperimente en waarnemings so getrou aangestip is. Liewe hemel, besef hy vir die soveelste keer, sy oupa moes 'n briljante mens gewees het.

Hy blaai deur die dagboek tot by die plek waar hy die eerste keer oor tPort gelees het. Sal hy ooit daai dag vergeet? Toe hy gelees het wat die program alles kon vermag. Hy onthou hy het die dagboek eenkant toe gestoot en dadelik op hierdie einste ou tafelrekenaar na tPort gaan soek. En dit toe ook gekry, ongelukkig.

Hy blaai verder en vir die eerste keer besef hy dat hy destyds toe nooit vêrder in die dagboek as tPort gevorder het nie! Kan dit wees? Ja, dit kán wees, want tPort het hom besig genoeg gehou en waar sou hy nog tyd gekry het om met Oupa se ander uitvindsels doenig te kon raak?

Hy blaai verder deur die dagboek: deur rye en rye formules, kodes en sketse, alles Grieks en onverstaanbaar vreemd.

Tot by 'n inskrywing wat hom regop laat sit. sPook staan daar geskryf, dwarsoor die bladsy.

sPook?

Hy lees verder: *soos met tPort, het die deurbraak gekom! Wat tPort met teleportasie doen, doen sPook met kwantumverstrengeling. Hoera!* Karel staar na die inskrywing en toe, asof die dagboek kwaadaardige strale uitstuur, sit hy dit saggies op die lessenaarblad neer en tree versigtig weg van die ding af. Nee, dit kan nie wees nie!

Wat tPort met teleportasie doen, doen sPook met kwantumverstrengeling. Hoera!

Asof hy onder hipnose is, trek Karel die laken van die ou rekenaar af, skakel die apparaat aan en minute later kyk hy na die program wat op die skerm voor hom vertoon: sPook.

Hy trap met sy gesonde been vas, spring vir die kelderdeur, slaan dit van buiteaf toe en leun met sy rug teen die deur. Toe hink hy teen die trappe op na bo en lê op die bed in sy slaapkamer. Ja, besef hy, sy lewe het wéér verander. Dit weet hy sommer, al het hy nog geen idee hoe die program sPook werk en wat sy oupa alles daarmee vermag het nie.

Wat hy wél weet, is wat kwantumverstrengeling veronderstel is om te wees. Daardie verskynsel wat 'n slim Einstein nie eens kon verklaar nie. Van twee partikels wat identies optree, ongeag hoe vêr die twee van mekaar is, selfs aan die teenoorgestelde grense van die heelal.

So, Karel, wat nou? vra hy homself af, woordeloos. En dadelik kom die antwoord: gaan terug kelder toe en vernietig daai flippen program. Vernietig sommer Oupa se hele rekenaar met alles wat daarin is. Het dit nie alreeds oorgenoeg drama veroorsaak nie?

Maar hy weet dit gaan nie gebeur nie. As sPook werk, wat dit beslis sal doen, kan dit die grootste deurbraak ooit in die wetenskap wees, selfs groter as alles wat 'n Einstein kon vermag het. In 'n dwaal, begewe Karel homself weer in die rigting van die trappe na die kelder, net om sy ouma uit die kombuis te hoor roep.

"Is jy al weer in daai kelder doenig, Karel?"

"Nee, Ouma," lieg hy, "ek ruim net 'n bietjie op."

"Dankie, tog," sê Ouma. "Jy in daai kelder besorg my slapelose nagte. Maar kom eet eers jou ontbyt. Kyk net waar sit die son al."

"Ek is nou-nou daar, Ouma," sê hy en begewe hom nou doelgerig met die trappe af kelder toe. 'n Minuut later kyk hy na die rekenaarskerm wat steeds die program se naam vertoon: sPook.

Toe knak sy knieë en hy sak op die stoel by die ou lessenaar neer. Met bewende vingers, aktiveer hy sPook en soos met tPort destyds, verskyn drie ikone op die skerm: 'n rooi bal, 'n groen kegel en 'n blou vierkant. Hy kies die rooi bal en onmiddellik verskyn die projeksie teen die wit gekalkte muur.

En dit? wonder Karel. Dis tog wat tPort ook doen: 'n blote projeksie deur middel van teleportasie. Wat is nou anders?

Toe besef hy wat dit is. Anders as met tPort, is die rooi bal steeds in die rekenaar se geheue sowel as teen die muur geprojekteer. Die voorwerp is dus op twee plekke, gelyktydig. Kan dit wees?

Hy skuif die muis oor die rooi bal om dit in die rondte te laat draai en onmiddellik gebeur dieselfde met die projeksie teen die muur. Met een groot verskil: die bal teen die muur draai in die teenoorgestelde rigting as die een in die rekenaar. Hy verander die rigting waarin die bal wentel en die bal teen die muur verander ook van rigting – weereens in die teenoorgestelde rigting. Hoekom sou dit wees?

Hy doen dieselfde met die kegel en die vierkant, net om te sien dat die projeksies teen die muur andersom beweeg, in die teenoorgestelde rigting as die's binne die rekenaar.

Toe onthou hy die definisie van kwantum-verstrengeling: dat twee partikels wat verstrengel is, identies reageer, maar in teenoorgestelde rigtings. As die een kloksgewys spin, spin die ander een antikloksgewys, ongeag hoe vêr hulle van mekaar in die heelal is.

En dis presies wat nou hier voor hom plaasvind, met Oupa se program sPook. Kan dit wees? Het Oups rêrig die geheim van kwantumverstrengeling ontrafel? Of is sPook slegs tot Oups se rooi bal, groen kegel en blou vierkant beperk? Wel, daar is natuurlik 'n manier om uit te vind, maar dit sal eers moet wag, want sy ouma daar in die kombuis begin seker al weer hond se gedagtes kry.

Hy laai sPook op 'n geheuestafie, skakel die tafelrekenaar af, maak die kelderdeur toe en kies met die trap koers, op na sy kamer. Ouma se stem raas egter weer uit die kombuis en Karel besef ja, hy is nou weer op dun ys.

Hy sit by die kombuistafel, peusel aan sy graankos en skuldig luister hy hoe Ouma verduidelik hoe bly sy is dat hy sy onverantwoordelike speletjies daar in die kelder gestaak het. En, gaan sy voort, hy moet haar verskoon want sy moet nou 'n vergadering van Kangoberg se vrouevereniging gaan bywoon.

Hy begewe hom na sy kamer en al is hy nou alleen by die huis, sluit hy sy kamerdeur. Hy plaas die geheuestafie in sy skootrekenaar en met hande wat onbedaarlik bewe, aktiveer hy e!Ansie met sPook.

Die rotstekening flits teen die kamermuur en Karel aktiveer 'n toetsprogram wat hy reg in die begin geskryf het: een wat die bakoorjakkals al in die rondte laat tol, agter haar eie stert aan. En die volgende oomblik snak hy na sy asem. Want die jakkals in die rekenaar tol linksom terwyl die een teen die muur regsom tol!

So! Oupa se program sPook werk! Die twee beelde van die jakkals is met mekaar verstrengel. Wat meer is, die beeld binne die rekenaar bepaal wat met die een daarbuite gebeur!

"Oups!" gil hy kliphard, "jy was 'n doring, Oups!"

Daardie aand maak Karel nie 'n oog toe nie. Na sy ontdekking van program sPook, kan alles handomkeer verander, vir die soveelste keer. En nou verwens hy homself dat hy die program nie vroeër ontdek het nie. sPook kan gebruik word om hierdie hele gemors reg te stel. Hy moet net besluit hoe.

Hy trek sy selfoon nader om 'n boodskap te tik. *Ek mis jou, Siti, en ek belowe dat ek jou uit hierdie gemors gaan kry.* Hy kom egter nie sovêr om dit weg te stuur nie. Nee, hy moet van nou af eers seker maak dat hy beloftes maak wat hy kan nakom.

Die res van die nag rol hy rond met 'n kop wat wil ontplof van al die idees wat daardeur jaag.

Toe, uiteindelik, in die vroeë oggendure, kom hy tot rus. Want sy plan is gemaak. Met sPook. 'n Wenner van 'n plan, een wat almal onkant gaan betrap. Vir Benner, Topo, die Kraken-sindikaat en, trouens, die hele wêreld.

Maar om die plan deur te voer, sal hy eers iemand moet besoek. Iemand wat hy net op een plek gaan vind, en dis vêr terug in die verlede.

Skaakmat

Siti strompel weg van die SafeHaven se agterdek af, op na Topo se kajuit, waar die drie misdadigers op haar sit en wag, steeds onder die wakende oog van watermeid e!Marli.

Sy knip haar oë en wonder vir 'n oomblik of sy wakker is? Het sy rêrig daai reuse-inkvis agter die skip gewaar? Rustig, met tentakels wat ritmies deur die water van die donker see pols. En die gloeiende twee oë wat haar van onder die watervlak beskou het.

In Topo se kajuit aangekom, beskou sy die drie gesigte voor haar. Na Winston wat oor sy dik geswelde neus deur een oog na haar sit en gluur, na Topo wat haar met 'n keep tussen die oë bekyk en na Benner wat haar half geamuseer beskou – soos een wat seker is dat hy nou in beheer van sake begin kom. Benner is dan ook die eerste een wat praat, sarkasties.

"So, Siti, wat dink jy, my skat? Hoe lyk onse inkvissie vir jou? Dink jy hy en jou watermeid kan maatjies word?"

Siti kyk verby Benner, na die beeld van die einste e!Marli wat steeds, getrou aan diens, teen die muur van die kajuit geëts sit en haar teikens met smeulende oë betrag. Siti wil praat, maar wat sê sy nou? Wat sê enige een wat in die middel van 'n skaakmat situasie soos hierdie is? Ja, Super Siti, nou weer Stomme Siti, weet nou nie watter kant toe nie. Toe, skielik, weet sy watter kant toe. En dis suidwaarts, na haar geboorteland toe.

Sy neem stelling voor Winston in en, hande op haar heupe, praat sy af na die man. "Die kaptein van die skip. Gaan roep hom. Nou! En roer jou gat. As jy probeer wegkom, weet jy wat op jou wag."

Twee minute later sluit die kaptein by hulle aan en verstom beskou hy die vreemde toneel in die kajuit. Na Topo en die twee jongelinge wat nou ewe bedeesd op hul stoele sit, so anders as hul uitdagende gedrag tot dusvêr. Om nie van die vreemde beeld teen die kajuit se muur te praat nie. Hy beduie met die hand na e!Marli en begin om 'n vraag uit te hakkel, maar Siti spring hom voor, met 'n eie vraag.

"Where are we now, Captain? I mean, where is this ship now? Stil near Puntland?"

Die kaptein knik, steeds starend na die gloeiende stuk graffiti teen die muur. Toe kry hy sy stem beet. "Yes, about two sea miles outside Bosaaso port. Why?"

"How far to Cape Town from here? How many days?" ignoreer Siti die vraag.

"Cape Town? About 25 days. Why?"

"Listen here, Captain," trek Siti los, "I am the one asking questions, not you. OK?"

Die kaptein kyk onseker na Topo, met oë wat vra wat de duiwel gaan hier aan? En wie is hierdie meisie met die burqa en kaal gesig?

Is daar genoeg brandstof aan boord om die Kaap te haal? is Siti se volgende vraag.

Ja, knik die kaptein, daar is.

"Well, then, Captain, go for it. Immediately. I want us to be in Cape Town within 20 days from now. If not sooner. Otherwise things will turn unpleasant for you. And for everyone on board your ship."

Die kaptein kyk na Topo en dan weer na Siti, ongeloof steeds op sy gesig. Tog skraap hy moed bymekaar om die volgende logiese vraag te vra.

"Unpleasant?"

Siti druk op haar foon en die volgende oomblik blits die watermeid weg van die muur en plant haarself vierkantig voor die kaptein. Hy strompel agteruit, stamp sy kop met 'n slag teen die kajuitmuur agter hom en lig sy arms beskermend voor hom op.

"Any further question?" vra Siti.

Nee, knik die kaptein, versigtig, eers na Siti en dan na die watermeid wat hom oor 'n afstand van 'n paar sentimeters staan en begluur. Nee, hy het geen verdere vrae nie.

"One last thing, Captain," sê Siti, maar nou praat sy eintlik met Topo. "From now on, you report to me, and to me only. Do you understand?"

Die saak is reg, knik die kaptein, weer ewe gedienstig. Toe, met een laaste kyk na Topo en dan na die kaal muur waarteen die vreemde gedrog flus nog geëts was, sluip hy uit die kajuit op na die skip se brug om die nodige bevele te gaan gee.

Siti druk op haar foon en die watermeid spring terug teen die kajuitmuur vanwaar sy met die ewige uitdrukkinglose gesig af na haar drie teikens sit en gluur. Vir 'n oomblik maak Siti haar oë toe. Wat nou hier gebeur, kan tog nie waar wees nie. Sy, dogter uit die Karoo, is nou in bevel van 'n missie wat nugter weet waar en op watter manier gaan eindig. 'n Ervare skeepskaptein rapporteer nou aan haar en asof dit nie genoeg is nie, gebeur dit in die teenwoordigheid van seker die berugste Mafioso in die misdaadgeskiedenis van die mensdom.

Sy besef sy moet nou na die vragruim om seker te maak dat Sandy en die kinders oukei is, maar daar is nog een laaste ding wat haar drie slagoffers hier voor haar moet hoor.

"Ek weet van e!Kraken wat hier agter die skip aanswem, maar wat ek óók weet is dat, wát hy ook al wil doen om jou te beskerm, dit te laat vir jou sal wees, Topo. Hoor jy wat ek vir jou sê?"

Ja, knik Topo, hy hoor wat Siti sê.

"Want die oomblik as die inkvis iets vreemds probeer doen, is hierdie watermeid op jou. En jy weet wat dít kan beteken? Jy onthou seker nog daardie renoster-man, Topo? e!Buks, daar in die bos in Mpumalanga?"

Ja, kink Topo, hy onthou.

Siti draai na Benner. "En as die watermeid klaar is met Topo, gaan sy vir jóú kom, Benner, en vir hierdie skerminkel met die pienk hare hier langs jou.

Soos met Topo, gaan die inkvis te laat wees om julle gatte te red. Verstaan jy?"

Ja, knik Benner, hy verstaan. Winston knik ook ja, gretig, al kyk Siti skaars in sy rigting.

Siti verlaat die kajuit, maar halfpad onderweg na die vragruim van die skip, steek sy vas. Haar skouers het onbedaarlik begin ruk en nou stroom trane oor haar wange. Sy was in haar hele lewe nog nooit so bang nie en Sandy en die kinders mag haar nie só sien nie.

Sy droog haar wange met haar burqa se moue af maar 'n nuwe vlaag trane tref haar weer, asof haar oë nou twee sluise is wat die druk van binne nie meer kan beheer nie. Gelukkig gewaar sy die deur van 'n toilet skuins voor haar en sy glip na binne. Toe maak sy die twee sluise bokant haar wange oop en huil soos sy nie geweet het sy kán nie.

Na 'n ruk kom sy tot bedaring en bedink die omstandighede waarin sy haarself bevind. As daar ooit 'n skaakmat-situasie was, sit hulle nou in een. En sy, Siti, het geen idee wat haar te doen staan nie en nog minder weet sy wat sy gaan doen as hulle in Kaapstad aankom.

Maar daar is darem iemand wat kan help, besef sy dankbaar. Sy aktiveer haar selfoon en tik: *My liefste Karel, ek bring die SafeHaven Kaap toe, met e!Kraken op ons hakke. Help my seblief. xxx*

Sy wil die boodskap stuur, maar dan vee sy die laaste kort sinnetjie uit. Natuurlik sal Karel help, hoe dan anders?

In gesprek met Heitsi-eibib

Dis sulke tyd, besluit Karel en trek die 3D-helm oor sy kop. Tyd om iemand se geselskap op te soek. Iemand vêr terug, in die vergetelheid, voordat tyd iets was wat gemeet kon word.

Hy aktiveer die video en teen 'n duiselingwekkende spoed, tuimel hy weer af in die Wondergat, terug in tyd. Eeu na eeu jaag voor sy oë verby, so vinnig dat beelde in 'n warboel onherkenbaar voor hom verbyflits.

Toe, plotseling, bevind hy homself langs die Wondergat in die Richtersveld. En net soos laas saam met niggie Zelda, kom daardie eensame figuur oor die vlaktes na hom toe aangestap: Heitsi-eibib. Asof die twee van hulle 'n afspraak nakom, sit hulle plat op die sand, oorkant mekaar, naby die opening van die Wondergat.

"Vertel my oor die San," begin Karel. "Ek lees julle bewandel hierdie vlaktes van Afrika al vir duisende jare. Dat julle die eerste bewoners hier was." Hy beduie met die hand oor die vlaktes wat hulle omring. "Dat dit ook die rede is hoekom Afrika die Wieg van die Mensdom genoem word."

"Ja," sê Heitsi-eibib, "ons was seker die eerste mense hier, maar ek kan nie so vêr terug onthou nie. Daar kon dalk ander menserasse hier gewees het wat intussen uitgesterf het. Wie sal weet? Wat ek wel onthou, is dat dit tóé anders as nou gelyk het. Groen grasvlaktes, troppe diere, swerms voëls, bome, sovêr die oog kon kyk. Meeste van daai diere en voëls is nou nêrens te sien nie."

Ja, onthou Karel, baie dierspesies hét oor die eeue hier uitgesterf. Sabeltand-katte, talle bok- en voëlsoorte asook reusagtige buffels. Die Wieg van die Mensdom het vinnig die Graf van die Diere geword. Maar daardie graf was nie deur die San gegrawe nie, allermins. Dit het gekom lank nadat Heitsi-eibib en sy mense hierdie woestynwêreld betree het.

Asof hy gedagtes lees, praat Heitsi-eibib verder. "Ons, die San, het in vrede met plant en dier saamgeleef. Want mens, dier en plant het aan die landskap behoort. Soos wat die landskap op 'n manier aan óns behoort het. En ek praat nie net van hierdie landskap om ons nie. Nee, ons het oraloor in die land gewoon, vanaf die Kaap, oos, wes, noord tot wie weet waar."

"Wanneer het dinge begin verander?" vra Karel.

"Vreemdelinge het van dáár afgekom," beduie Heitsi-eibib met die hand, noordwaarts. "Oorland uit Afrika en van die suide af op skepe met wit seile oor die see. Hulle het ons aangestaar, agterlike barbare en diere genoem, hul wapens uitgehaal en jag op ons gemaak. Ons was nie teen soveel wreedheid opgewasse nie en moes toe vlug, dieper die woestyn in, waar daar nog oop ruimtes was. Waar dit moeilik vir daardie mensejagters was om ons ongesiens te agtervolg."

Heitsi-eibib se woorde is bitter, hoor Karel, maar sy stemtoon nie.

"Waar ék vandaan kom," sê Karel. "word daar baie oor julle gepraat en geskryf. Dat julle van die eerste mense is wat die aarde bewandel het, honderde duisende jare gelede al."

"Ja, ons, die San, asook ons broers en susters van die Khoi, kom 'n vêr pad, saam met die son en die maan en die somers en winters wat dit bring."

En nou is daar sprake dat julle aan die uitsterf is, wil Karel sê, maar hy doen dit nie. Dit sou onnodig wees en in elk geval is dit net 'n teorie, een wat Heitsi-eibib seker van weet.

Hy verander van rigting. "So van die maan gepraat, vertel my van julle maan-dans. Daar's mense wat dink julle aanbid die maan. Ander sê weer nee, dit is nie so nie. Wat is die geval?"

"Ons aanbid die god wat die maan geskape het. Die god wat ook die son en die aarde en plante en voëls en diere en mense en alles wat jy om jou sien, geskep het. Dís wie ons aanbid."

"As julle op maanlignagte dans, staan die vroue 'n kring en sing en klap ritmies hande. Hoekom? Is dit om die sjamane te help om in 'n beswyming te gaan? Om, soos ons sê, te transendeer?"

"Transendeer?"

"Dit beteken om in 'n ander wêreld in te beweeg."

"Ja, dan is dit seker die regte woord. Want die sjamane wil 'n wêreld besoek waar hulle met ons god Kaggen kan praat. Om dankie te sê vir lewe en alles wat hy vir ons doen. Ook om Kaggen te smeek om uit genade altyd na ons om te sien. Soos om siekes te genees, reën oor die velde te stuur en ook

115

om ons van diere en voëls te voorsien wat ons kan jag. En visse om te vang."

"Ons het ook 'n God wat aanbid word," sê Karel. "Eintlik is daar verskeie Gode wat deur verskillende gelowe aanbid word. Dalk aanbid ons almal nog dieselfde God, wie weet?"

"Ek dink tog dis een God," sê Heitsi-eibib. "Of as dit nie is nie, is dit gode wat mekaar verstaan. En aanvaar. Gode wat mekaar selfs lief het en mekaar se mense lief het. Daar's nog 'n rede waarom die sjamane trans... Wat is daai woord nouweer?"

"Transendeer."

"Ja, transendeer. Dit is om deurentyd van Gaunab bewus te bly. Hy is die god van siekte en dood."

"Hoekom wil die sjamane bewus van só 'n god bly?"

"Dit maak dat die sjamane en die mense vir wie hulle bid, dankbaar teenoor Kaggen bly. Hy is die god van lewe en hoop, die teenoorgestelde van Gaunab."

Vir 'n oomblik raak dit stil en toe praat Karel weer. "Heitsi-eibib. Wat is jy rêrig vir die San? 'n God? Of 'n sjamaan?"

"Eintlik nie een van die twee nie. Ek is êrens tussen die twee. Miskien is ek 'n halfgod, een met vele gesigte. Goeie én slegte gesigte. Daarom word ek deur die San as verskillende goed gesien. Soos volksheld en beskermer, maar ook poetsbakker en bedrieër. Ek leef in een gedaante wat tot sterwe kom en dan keer ek terug, uit die dode, om weer in 'n ander gedaante te verskyn."

"So, jy wissel dan heeltyd tussen goed en kwaad?"

"Mens kan so sê, ja. Want dis waaruit die skepping bestaan – Kaggen teen Gaunab, goed teen kwaad, reg teen verkeerd, liefde teen haat, lewe teen dood, blydskap teen smart, lig teen donker, dag teen nag, skenk teenoor ontvang, kom teen gaan, naby teen vêr, wen teen verloor."

"Ek het dinge nog nie só bedink nie," sê Karel, ingedagte. En hy kan aan nog 'n teenstelling dink, een waarvan Heitsi-eibib seker nie weet nie. En dit is 0 en 1, die teenstellende kombinasie wat die binêre-getallestelsel tot gevolg gehad het en tot die ontstaan van die kuberruim gelei het.

Om die gedagte nóg verder te voer, is daar natuurlik die elektrone en protone binne atome: positiewe en negatiewe ladings wat beslag gee aan alles wat bestaan.

Toe, asof Heitsi-eibib weer Karel se gedagtes lees, gaan hy voort: "Ja, dis hoe die San die skepping sien, teenstellings op alle vlakke, van die kleinste tot die grootste. Met kleinste bedoel ek goeters wat kleiner is as wat die oog kan sien en met grootste bedoel ek groter as wat die oog kan sien."

Waarvan praat die halfgod nou? wonder Karel. Kleiner as én groter as wat die oog kan sien?

Hy wil vra wat Heitsi-eibib bedoel, maar besluit nee, dis nie vir hóm om hierdie mitiese karakter onder kruisverhoor te neem nie. In stede verander hy weer van rigting. "Jy't vroeër herken dat jy soms ook 'n poetsbakker is. Watse poetse bak jy op mense?"

"Teveel om op te noem," lag Heitsi-eibib, "maar die een waarvan jy dalk weet is Grootslang."

"Grootslang?"

"Ja, Grootslang. Baie mense glo dat hierdie wondergat deur Grootslang bewoon en beskerm word. Wat natuurlik 'n mite is, want dis ék wat die hele ding begin het. Al wat ek moes doen, was om 'n paar keer in die gedaante van 'n tamaai slang hier uit die gat na buite te loer. En siedaar, Grootslang word gebore en talle mense sweer nou dat hy rêrig bestaan."

"Dalk het jy niemand geflous nie," lag Karel saam. "Dalk wéét mense dat Grootslang maar net jý in 'n ander gedaante is. Ek meen, hierdie wondergat dra tog nie verniet jou naam nie."

Heitsi-eibib se twee oë trek op skrefies van die lag en Karel sien ja, hierdie is inderdaad 'n poetsbakker van formaat. Geen wonder hy is van die bekendste mitiese figure in die land se geskiedenis nie.

"In my wêreld, is julle beroemd om julle rotskuns," gaan Karel voort, nou weer ernstig. "Vertel my daarvan, seblief?"

"Die tekeninge word meestal gedoen deur sjamane wat in 'n beswyming is. Dis hulle manier om dít wat hulle dan beleef, met die ander stamlede te deel."

Sal hy Heitsi-eibib van die e!Kang's vertel? wonder Karel. Dat San-rotstekeninge dalk nou 'n nuwe demensie betree het? 'n Digitale demensie. Wat aan die rotstekeninge beweeglikheid bied. Nee, hoe op aarde gaan hy so iets aan die man verduidelik kry? Maar tog wonder hy of hierdie karakter, wat tydloos leef, nie reeds van die kuberruim se bestaan bewus is nie.

Buitendien vermoed hy, Karel, lankal dat die San hul eie kuberruim geskep het, natuurlik een wat heel anders as die internet daar uitsien. 'n Ruimte wat hulle deur middel van transendering betree, net soos wat die sogenaamde 'moderne' mens hom- of haarself deesdae na sosiale media transendeer.

Hy wil vêrder oor rotskuns uitvra, maar dan sien hy die kyk in Heitsi-eibib se oë. Oeroue oë wat oor die vlaktes van die Richtersveld staar, asof die man terugkyk in tyd. Of kyk hy dalk vorentoe in tyd.

Wie sal weet?

Interpol neem oor

Kaptein Trompie Bopape, steeds aan boord die SS Fathia, is benoud. Dinge ruk nou handuit, soos in vinnig. Dis nou om dit sag te stel.

Soos enige een met verstand kon raai, het die wêreldmedia van die vaart van die SafeHaven te hore gekom, gelukkig vir Interpol nie in volle detail nie. Net dat 'n skip in die Indiese Oseaan suidwaarts vaar met 'n monsteragtige gedaante in die water, vlak agter die skip. 'n Monster wat selfs 'n reuse-inkvis kan wees.

'n Verdere geluk was natuurlik dat die media nog nie geweet het persies waar die SafeHaven homself bevind nie. Ook dat min mense so 'n absurde verskynsel sonder verdere getuienis sou glo. Maar, het Interpol ook geweet, dis net 'n kwessie van tyd voordat die media wél verdere getuienis sou uitsnuffel en wat dan? Nuus meer sensasioneel as dít kan kwalik bedink word en die sage kan oornag 'n massiewe verleentheid vir Interpol raak. Veral as die nuus op sosiale media begin vlamvat.

'n Uur gelede het die hoof van Interpol dan ook aan boord die SS Fathia gekom om homself persoonlik met die rampspoedige situasie vertroud te maak. En hy, Trompie, was die eerste een wat moes verduidelik wat hier aan die gang is. Wat natuurlik geen maklike taak was nie. Die speurder moes behoorlik 'n eierdans uitvoer, want kern tot die hele situasie is natuurlik iets wat as die e!Kang's bekendstaan. Hoe op aarde kon hy só iets aan die generaal, of aan enige iemand anders, verduidelik?

Die gesprek was 'n nagmerrie en hoewel Annisa van die PMPF hom bygestaan het, was Trompie se verduideliking 'n gestamel vol stringe onsamehangende woorde en patetiese handgebare. Na 'n halfuur se uitvraery en heen en weer gepraat, het die generaal toe uiteindelik sy indrukke opgesom. En soos die man gepraat het, het Trompie, soos seker ook Annisa, besef hoe absurd die situasie was. Goed, het die generaal in 'n diep dreunstem gesê, hy verstaan nou soos volg:

"Die SafeHaven is van Puntland na Kaapstad onderweg met 'n vrag weeskinders uit Jemen aan boord. Reg?"

Ja, reg, het Trompie geknik.

"Die kinders, wat aanvanklik na Griekeland op pad was, word deur twee vroue van UNICEF vergesel. Reg?"

Ja, reg, knik Trompie.

"Een van die vroue is 'n tiener uit Suid-Afrika, die land waarheen die skip waarskynlik nou op pad is. Reg?"

Ja, het Trompie geknik.

"Ook aan boord, is drie booswigte, al drie betrokke by kinderhandel. Die drie is eintlik aan boord omdat hulle besig was om die SafeHaven te kaap. Reg?"

"Dis, reg," het Trompie gesê

"Een van die drie is Topo, die Mafioso in beheer van Kraken, seker die berugste misdaadsindikaat in wêreldgeskiedenis. Reg?"

Weer het Trompie geknik.

"Maar die kaping het skeefgeloop en die drie skurke word nou as gyselaars aan boord die skip gehou. Reg?"

"Ja, reg."

"Dis nie al nie. Die SafeHaven word deur 'n massiewe inkvis agtervolg. 'n Inkvis wat skynbaar onvernietigbaar is. Reg?"

"Dis reg, ja."

Toe, voordat hy sy volgende waarneming met hulle deel, het die generaal opgestaan, sy arms in ongeloof langs sy sye gelig en verder gepraat: "En op hierdie oomblik is daardie tienermeisie uit Suid-Afrika in bevel van die SafeHaven. Reg?"

Trompie kon maar net knik.

"Maar hoe kan 'n tienermeisie in bevel van so 'n situasie wees?" wou die generaal toe weet. "Nogal met, van alles mense, Mafioso Topo as gyselaar? Iets baie baie vreemds is hier aan die gang."

Trompie het desperaat na woorde rondgesoek en dis toe dat Annisa bygekom het. Die mooie vrou, in haar PMPF uniform geklee, het tussen die generaal en Trompie ingeskuif en, sonder om 'n woord te sê, haar selfoon voor die generaal se gesig gehou.

Die generaal het die skermpie fronsend bekyk en Trompie het onmiddellik besef waarna die man kyk: 'n foto van watermeid e!Marli wat op hierdie einste SS Fathia geneem is, 'n week of wat gelede. Trompie se vermoede was reg, want toe wou die generaal weet wat 'n rotstekening dan met die hele sage uit te waai het?

Op daardie punt het Trompie besef dat verdere jakkalsdraaie hom nie uit die pekel gaan kry nie en toe, na sy beste vermoë en met Inselsels deur Annisa, oor die e!Kang's begin verduidelik. Nie dat dit veel gehelp het nie, want soos die verduideliking gevorder het, so het die keep tussen die generaal se twee oë verdiep.

Totdat die man uiteindelik arms in die lug opgelig en gesê het: "Goed, ek weet nou wat ek moet weet. Ek gaan sake eers bedink en oor 'n uur of so kan ons verder praat."

Nou lê Trompie in sy kajuit en wag om oor 'n uur of so weer voor die generaal aan te tree. Net asof hy dan beter antwoorde op die generaal se vrae gaan hê. Liewe hemel, gaan hulle ooit hierdie gemors kom?

Hy luister na die enjins van die SS Fathia wat dofweg op die agtergrond dreun, rigting suid, agter die SafeHaven aan. Op 'n veilige afstand, buite sig van die teiken skip, want die laaste ding wat hulle wil hê is 'n inkvis wat omdraai, sy massiewe tentakels om hulle slaan en in die dieptes van die Indiese Oseaan aftrek.

Hy bedink dinge en vir die soveelste keer tref 'n vlaag selfverwyt hom. Dis sý toedoen dat Siti nou in hierdie helse verknorsing sit. Hy moes haar en Karel nooit by sy persoonlike probleme met sy verslaafde sussie, Maria, betrek het nie. Nog minder moes hy toegelaat het dat die twee hom na Somalië toe vergesel.

Skielik klop iemand dringend aan sy kajuit se deur met Annisa wat sy naam roep. Hy maak oop en sien die vrou grootoog voor hom staan. Kom kyk, Kaptein, sê sy, kortasem. Die hommeltuig wat hulle vroeër gestuur het om op die SafeHaven te spioeneer, is besig om beeldmateriaal terug na die SS Fathia te sein.

Trompie, met Annisa op sy hakke, storm op na die brug waar almal reeds stelling voor die TV-skerm ingeneem het. Die generaal staar na die skerm, oë pierings gerek.

Op die skerm, ploeg die SafeHaven deur die waters van die Indiese Oseaan met 'n v-form nasleep vol skuim agterna. En vlak agter die skip, volg inkvis e!Kraken met tentakels wat hom ritmies voortstu.

Die kop van die gedierte is meestal onderwater, maar soms lig dit bo die oppervlak om twee massiewe oë ten toon te stel. Oë wat die hommeltuig soos twee radarantennas volg. Dan verdwyn die oë weer met net die ellelange tentakels wat al polsende bo die watervlak sigbaar bly.

Trompie wys met 'n voorvinger na die skerm en draai na die generaal. "Wat ons hier sien," verduidelik Trompie, "is 'n variant van die e!Kang's waarvan ons vroeër van gepraat het."

Die generaal knik en bly na die skerm staar, nou stil soos 'n muis.

Die kamera is steeds op die inkvis gefokus en asof die dierasie besef dat hy die hoofrol in 'n drama speel, lig hy homself uit die water om vir 'n oomblik ten volle sigbaar te wees.

Trompie, soos die res van die toeskouers op die brug, hou asem op want nou, vir die eerste keer, besef almal waarmee hulle werklik hier te doen het. Die skip wat voor die inkvis vaar, met 70 mense aan boord, lyk meteens niks groter as 'n speelding nie.

Die hommeltuig vlieg laag oor die SafeHaven en nou sien almal hoe e!Kraken weer onder die water verdwyn. En vir die volgende minuut of twee is daar geen teken van die gedierte nie. Dis net die beleërde skip wat ewe gedwee deur die see suidwaarts ploeg.

Vir 'n oomblik dink Trompie aan Siti en haar metgeselle aan boord daardie vaartuig. Almal van hulle gaan nou deur hel, weet hy. Om dinge van hier oor 'n video te beleef is erg – hoe moet dit wees om daardie tentakels slegs meters, en soms sentimeters, van die skip se patryspoorte te gewaar?

Skielik hoor hy Annisa hardop gil en die rekenaarskerm voor hom kom weer in fokus. Die inkvis is steeds nêrens te sien nie, maar sy pikswart tentakels is wél duidelik sigbaar. Want dit, die tentakels, is van onder om die SafeHaven gevleg. Asof dit die vaartuig nou enige oomblik in die dieptes van die Indiese Oseaan gaan aftrek. Om 'n toneel te skep wat netsowel 'n tekening in 'n prenteboek van geslagte gelede kon wees.

Trompie weet egter dat dit nie gaan gebeur nie – nie met Topo aan boord nie. Aan die ander kant, daardie bleeksiel wat e!Kraken geskep het kon iewers in sy program 'n fout gemaak het en wat dan?

Die inkvis se tentakels verslap en vir die volgende minuut of twee, is daar weereens geen teken van die gedierte nie. Toe, stadig, begin die water om die SafeHaven verdonker en minute later is die jag deur inkswart water omring. Ja, sien Trompie, die inkvis doen nou sy naam én reputasie gestand.

So ploeg die SafeHaven voort met 'n pikswart streep water nou in sy nasleep. Die hommeltuig wentel nog 'n paar keer om die skip en toe, met geen verdere kaperjolle van die kant van e!Kraken nie, besluit die operateur om die hommeltuig terug na die SS Fathia te bring. Iemand skakel die TV-kamera af en 'n doodse stilte heers nou op die brug. Almal wag op die generaal om te reageer.

Wat hy na 'n ruk ook doen met die stelling dat hy sy eie twee oë nie glo nie. Hoekom word hy nóú eers van hierdie gemors verwittig? En wat gaan Interpol sê as die media agterkom wat rêrig hier aangaan as beeldmateriaal soos dit waarna hulle pas gekyk het, byvoorbeeld op TV-kanale wêreldwyd beland? Wat seker nou enige oomblik kan gebeur.

Die generaal staan voor Annisa, hou sy hand uit en vra om weer na daardie rotstekening op haar selfoon te kyk. Hy kyk lank na die watermeid se beeld en vra dan wat die verband tussen hierdie kreatuur en daardie monsteragtige inkvis is.

Weereens verduidelik Trompie van Karel, van die e!Kang's, van die program tPort wat in Topo se hande beland het en van waterslang e!Bongi waaruit e!Kraken ontwikkel is. En hierdie keer, sien Trompie, luister die generaal met veel meer aandag.

"Kan hierdie watermeid geaktiveer word?" vra die generaal en wys met die voorvinger na die beeld op die selfoon se skerm.

"Nee," verduidelik Annisa, "hierdie is slegs 'n foto van die watermeid. Die ware kreatuur is in daai tienermeisie se slimfoon, aan boord die Save Haven. Dit verklaar die skaakmat situasie wat nou op die Save Haven heers."

Die generaal draai weg en hande in die sakke, staan hy oor die oop see voor die SS Fathia en kyk. Wat sou nou deur die man se gedagtes gaan? wonder Trompie. Uiteindelik draai die generaal terug en begin praat.

"Hierdie Karel is dus die mannetjie waarom alles draai. Om die waarheid te sê, sonder hom gaan hierdie sage net op een manier eindig en dis in totale chaos. Interpol sal dus vinnig by die seun moet uitkom om seker te maak dat hy veilig is, waar hy homself ook al bevind. Want," sê generaal met 'n hees stem, "hierdie Karel is sekerlik ook in die Kraken-sindikaat se visier, gegewe die gemors waarin hul grootbaas Topo homself nou bevind."

So, gaan die generaal voort: "Ek het nou as volg besluit: Trompie, vergesel deur Annisa, vertrek eerste ding môreoggend na Suid-Afrika, spesifiek na daardie dorp waar Karel hom bevind. Om aldaar na die seun se veiligheid om te sien, totdat hierdie hele gemors met Kraken opgelos is.

"Trompie en Annisa, julle word dan môreoggend vroeg deur 'n helikopter hier vanaf die SS Fathia opgepik en na Dar-es-Salaam in Tanzanië geneem. Dis tans die naaste hawe aan waar die skip nou trek. Van daar sal Interpol julle twee met 'n spesiale vlug na Suid- Afrika neem. Ek sal nou self bevel van Operasie Kraken neem. Wat beteken dat ons die SafeHaven sal agtervolg tot in die Kaap of tot waar ook al. Totdat hierdie drama op een of ander manier tot 'n einde kom."

Trompie luister gelate na die opdrag en weet nie hoe hy daaroor moet voel nie. Dit maak sin om na Karel se veiligheid om te sien en hy, Trompie, is die ideale een om dit te doen. Aan die ander kant voel dit of hy Siti in die steek gaan laat. Maar ja, 'n bevel van die oppergesag is 'n bevel en hy sal dáárby moet berus. Buitendien, met die hoof van Interpol nou persoonlik aan die stuur van sake, kon Siti nie in veiliger hande beland het nie.

Wat hom verder geval is die feit dat Annisa hom gaan vergesel. Hy weet nou dat hy stilweg verlief op die mooie polisievrou geraak het en, hy is seker dat die gevoel wederkerig is, want 'n paar keer al het hy gemerk dat sy hom onderlangs met daai twee groot oë van haar dophou. En as hy terugkyk, laat sy daai einste twee oë ewe skamerig sak.

Hy kyk weer na Annisa en verbeel hy hom of lyk sy ook baie in haar skik met die generaal se opdrag?

Later skakel Trompie vir Siti om te hoor hoe dinge aan boord die SS Fathia verloop?

"Dis aaklig, Kaptein," sê Siti. "Vir almal. Die kinders is in 'n toestand, want almal weet nou van die inkvis wat die skip agtervolg. Hoe lank ons gaan uithou, weet ek nie. En ons is nog nie eens halfpad Kaap toe nie."

"Jy doen uitstekend, Siti," sê Trompie. "Moenie nou opgee nie. Ons sal aan iets dink." Hy vertel van die jongste verwikkelinge aan boord die SS Fathia; van die generaal wat oorneem en van hom en Annisa wat Suid-Afrika toe gaan om na Karel om te sien. Daar in Kangoberg in die Klein-Karoo.

"Julle doen die regte ding, Kaptein," sê Siti, verlig. "Karel mag niks oorkom nie, vir my onthalwe en vir ons almal se onthalwe. Net hý kan ons uit hierdie gemors kry."

"En gáán kry," las Trompie by.

"Jy sê Anissa gaan saam met jou, Kaptein?"

"Ja, die generaal het so beveel. En ek's bly sy gaan saam. Dit gaan dinge net makliker maak."

"Dis reg so, Kaptein, maar wees net versigtig."

"Versigtig? Ja, ek sal wees, maar hoekom sê jy so?"

"Ek weet nie. Iets is iewers nie pluis nie. Maar dalk verbeel ek my net."

Trompie lui af en wonder waarteen Siti hom probeer waarsku het? Natuurlik sal hy versigtig wees, want dis tog wat hy nog die hele tyd is. Of het Siti na iets anders verwys? Of na iémand anders? Na Annisa dalk? Nee, kan tog nie wees nie.

'n Notatjie aan Benner

Benner bekyk die mure van die kajuit waarin hy hom nou reeds vir drie lange dae bevind. Die kajuit wat hy met sy pa Topo en Winston deel. En natuurlik met watermeid e!Marli daar teen die muur.

Wanneer gaan hierdie nagmerrie eindig? En as dit wél gaan eindig, hoe? Want die skaakmat waarin hulle nou al hoe lank sit, duur net voort. Iets sal moet meegee, maar wat?

Hy kyk skuins na Topo wat op die enigste bed in die kajuit lê en snork. Op die stoel langs hom, lê Winston ongemaklik opgekrul, ook vas aan die slaap. Dis hoe hulle die tyd hier in mekaar se geselskap omkry. As geselskap die regte woord is, want woorde tussen die drie van hulle het lankal opgedroog.

Aanvanklik het hy en Winston al fluisterend bespiegel oor hoe hulle uit hierdie gemors kan kom, net om telkens te besef dat wag en kyk, al opsie is wat hulle het. Topo daarenteen, het hom nie verwerdig om die situasie enigsins met hulle twee snotkoppies te bespreek nie. Vir hom, magtige bendebaas wat gewoonlik hiet en gebied, moes dit traumaties wees om nou, magteloos, in die hande van iemand anders te wees. Dit nogal in die hande van 'n tienermeisie, een wat hom met openlike minagting behandel.

Wat dan seker die rede is dat die Mafioso heeltyd óf nors voor hom sit en kyk, of op sy bed lê en balke saag dat hoor en sien vergaan. As hy soms wakker word, het hy orent gekom, e!Marli se beeld teen muur begluur en sy oë geknip, asof hy uit een of ander droom probeer wegbeur.

Dan en wan het Siti haar verskyning in die kajuit gemaak om vir haar drie prisoniers kos te bring. Dan het sy hulle stilswyend betrag en soms e!Marli se beeld teen die muur vir 'n oomblik ingedagte beskou. Soos een wat nie kan glo dat daar wel iets soos 'n beskermengel bestaan nie.

Na haar vinnige besoeke, het Siti weer uit die kajuit verdwyn, maar nie uit Benner se gedagtes nie. Want die meisie wat hy 'n leeftyd al begeer, het nou 'n totale vreemdeling geword. Só vreemd dat hy kwalik kan glo dat hulle twee saam opgegroeı het, daar op Kangokop, die plaas daar in die verre suide wat nou eweneens voel of dit nie rêrig bestaan nie.

Die fraai klein kleutertjie wat stadigaan in 'n pragtige meisie verander het, bestaan nou net in sy herinneringe. Ook is dit asof die swart burqa wat sy nou dra, beklemtoon dat die Siti wat hy geken het, inderdaad nou net 'n skim is.

Op daardie oomblik verskyn die einste skim in die deur, kyk vinnig na die slapende Topo en Winston en tot Benner se verbasing, stap sy oor na hom en druk 'n wit koevert in sy hand. Toe, steeds sonder oogkontak, draai sy weg en verdwyn weer na buite.

Benner maak die koevert oop om die handgeskrewe nota te lees. *Ek hoef jou nie te vertel hoe diep die gemors is waarin ons almal sit nie, maar wat ek wél sê is dat jy, Benner, die enigste een is wat iets aan die saak kan doen. Kry daai inkvis agter die skip terug in jou selfoon en hou die ding daar totdat ons in die Kaap aangekom het. Met Topo dan in ons hande, kan ons baie lewens red, dié van 43 kinders ook. Sodoende kan jy jou eie agterend ook dalk red. Jou twee pelle mag natuurlik nie van my voorstel weet nie. Siti.*

Benner trek sy asem in en lees die nota weer 'n paar keer deur. Hy stap 'n draai deur die kajuit en stadig maar seker kom die besef: Siti is reg – hy, Benner, kán die situasie red, maar kan hy sy eie bas in die proses ook red? Soos wat Siti geskimp het? Nee, nie sommer nie. Om nou vir Siti se voorstel te val, kan later hoogstens versagtende omstandighede vir hom beteken. Ja, dis die beste waarop hy kan hoop.

Dis tog beter as niks, besluit hy weer. Versagtende omstandighede kan help, maar daar is iets anders ook: sien hy rêrig kans om vir die res van sy lewe só te leef? As misdadiger, nogal by iets soos kinderhandel betrokke? Hy sal Siti se voorstel moet oorweeg en dalk, net dalk, kry sy so 'n bietjie respek vir hom terug. Dít alleen kan dit die moeite werd maak.

Hy kom orent, sit die nota op die stoel neer, stap na die patryspoort en op stuurboordkant kom daar 'n mistige kuslyn in sig. Watter kuslyn sou dit wees? Kenia? Tanzanië? En, wonder hy vir die soveelste keer, wat gaan gebeur as hulle daar in Kaapstad aanland? Ja, hy gaan Siti se voorstel aanvaar. Dinge kan nie so aangaan nie.

Hy draai om en die volgende oomblik skrik hy homself boeglam. Iemand staan vlak agter hom. Iemand wat Siti se nota voor sy gesig hou. Topo. Sy pa moes intussen wakker geword het, die nota op sy stoel gewaar het en die ding natuurlik gelees het.

"Wat gaan jy doen?" grom Topo en druk die nota in Benner se gesig.

Benner soek woorde, kry niks. Winston is ook nou wakker en kyk belangstellend toe. Hy weet nog nie waaroor dit gaan nie, maar intuïsie sê natuurlik vir hom hier kom pret.

"Goed," sê Topo en smyt Siti se nota eenkant op die kajuit se dek. "Dis jóú besluit of jy die girl gaan help of nie, maar weet net een ding, as jy teen my draai, sal jy 'n gemerkte man wees, vir die res van jou lewe. Al is ék nie meer daar nie, sal die Kraken syndicate jou soek, totdat hulle jou kry. Of jy nou my seun is of nie. Of miskien juis omdat jy 'n seun is wat sy pa ge-double cross het, sal hulle jou baie vinnig eliminate. Kraken is nie 'n plek vir traitors nie."

Benner strompel met lam knieë tot by sy stoel en sak daarop neer. Topo staan voor hom en kyk dreigend op hom af. Winston, wat intussen Siti se nota gelees het, sit op sy stoel en giggel.

"Ek sal nooit my eie pa double cross nie," hoor Benner homself lieg. "Ek het die message nou net gekry en obviously sou ek dit met Pa ge-share het."

Topo lyk nie beïndruk nie en Benner probeer weer. "Ek kan explain. Ek wou die note met Pa share, maar ek wou Pa nie wakker maak nie."

Dis egter duidelik dat Topo steeds nie in Benner se 'explanation' belangstel nie. In stede dring hy aan op 'n ander verduideliking: "Hierdie ding hier teen die muur," sê hy en beduie met 'n kopknik in die rigting van die watermeid. "Wat sal gebeur as sy en die squid mekaar aanvat? Staan sy 'n kans teen die ding?"

"Nee," sê Benner, "no chance."

"Hoekom is jy so seker?"

"e!Kraken is 'n killer. Hy's ge-code om jou, Topo, te beskerm, al moet hy jou enemy destroy. Die watermeid is nie 'n killer nie. Nee, haar mission is om child traffickers te attack en seer te maak, nie om te kill nie. Nie een van Karel se e!Kang's is 'n killer nie."

Topo kyk lank voor om uit voor hy weer praat. "Oukei, good to know. Nou, dis wat van nou af gaan gebeur. En luister mooi, want ek het klaar my besluit gemaak. Ons gee hierdie Siti chick kans om die SafeHaven tot by Kaapstad te vat, want ek is convinced dis waarheen sy op pad is. Dis haar country of birth en in any case moet hierdie trip eventually een of ander tyd eindig. Hierdie skip kan nie indefinitely net voortseil nie.

"En dan, daar in die Kaap, sal die groot showdown kom. Die battle tussen die squid en hierdie watermeid. 'n Battle wat, soos jy sê, net deur die squid gewen kan word. Met ander woorde, my syndicate Kraken, gaan uiteindelik die wenner wees."

"Ek like dit," sê Winston.

"Ek like dit ook," sê Benner, versigtig. "Maar daar's een probleem, en dis Karel, die dude wat hierdie e!Kang's create het. Hy gaan nie net sit en kyk dat dinge vir hom en Siti haywire loop nie."

"Wat kan hy doen?" vra Topo, ongeduldig.

"Ek weet nie, maar daai dude is slim. Baie slim. Hy kan ons op een of ander manier surprise."

"Hoe?" kom Winston by. "Wat kan hy teen e!Kraken doen? Daai Brady hacker het ons squid indestructible gemaak. Jy weet dit."

"Ek weet, ja," sê Benner, "maar ek sê weer, om daai Karel te underestimate, sal 'n mistake wees."

"Ek underestimate hom nie," grom Topo. "Daarom het ek beveel dat my mense by Kraken hom kidnap en hom toesluit totdat ek uit hierdie mess gekom het. Ek sal hom dan die opportunity gee om vir my te werk. 'n Opportunity wat hy sal aanvaar, for his own sake. Imagine wat daai slim horrelpoot alles vir die Kraken syndicate kan doen."

Benner wil praat, maar nou is hy uit die veld geslaan. Karel gaan ontvoer word? Deur die Kraken-sindikaat? Ja, dis tog 'n logiese ding om te doen. Hoe kon hy daai moontlikheid misgekyk het en Topo so onderskat het? Uiteindelik kry hy sy stem beet.

"En as Kraken hom nie ge-kidnap kry nie? Wat dan?"

"Dan sal ek hom laat eliminate," sê Topo en trek met sy voorvinger 'n denkbeeldige mes oor sy keel. "Hy en sy Kang creations is te dangerous. As ek hóm nie eliminate nie, kan hy op sý beurt my hele syndicate eliminate, me included. It's as simple as that."

Benner se ore tuit nou en onverwags is hy naar op sy maag. Hy wil praat, maar Winston spring hom voor. "I like the idea. Dit sou great wees as ek involved kon wees. Met die kidnapping."

"No need," hoor Benner Topo sê. "Ek het 'n operator wat reeds involved is. 'n Skerp chick wat, as we speak, besig is om die kidnapping te organize. Of dan sy elimination, if necessary."

"Wie is sy? Die chick?" hoor Benner homself vra.

"Sy is op die oomblik op die SS Fathia, maar niemand weet dat sy jare al vir Kraken werk nie. Sy is 'n beauty en van die beste undercover operators op my payroll. Sy's besig om daai kaptein wat vir Interpol werk, te seduce. Sodat die idiot haar na die Karel dude toe kan lei. Wat is sy naam nouweer? Die kaptein s'n?"

"Trompie," sê Benner, steeds met 'n mislike gevoel in sy binneste.

"En die chick?" vra Winston. "Wat is háár naam?"

"Annisa," sê Topo.

Die res van die dag sit Benner soos 'n zombie in sy stoel. Topo saag weer balke en so ook Winston wat skeefgedraai in sy stoel sit en snork. Benner kyk op na e!Marli teen die kajuit se muur. Sou daar 'n manier wees wat hy wat Benner is, die watermeid kan aktiveer? Om hierdie twee skobbejakke by hom in die kajuit, aan te vat. Nee, natuurlik is daar geen manier nie.

Buitendien is hy, Benner, 'n mooi een om te praat, want dis tog wat hý ook is, 'n regte skobbejak. Wat meer is, hy is 'n agterlosige skobbejak wat daai nota van Siti laat rondlê het en 'n gulde kans verspil het om saam met haar uit hierdie gemors te kom.

Siti verskyn stilletjies in die kajuit en Benner weet waarom sy hier is: oor daai einste notatjie van haar. Sy kyk vinnig na die slapende Topo en Winston, leun vooroor en fluister in sy oor: "Wat het jy besluit? Gaan jy saam met my werk om die inkvis terug in jou kamera te kry?"

Benner wil verduidelik, maar waar begin hy? Deur te erken dat hy agterlosig met daai nota was? Hy hoef egter nie lank te dink nie, want die volgende oomblik hoor hy weer Winston se bekende kekkellaggie. Die klein gangster was toe nooit aan die slaap nie, want hy staan nou langs Siti en hou haar notatjie na haar uit.

"Soek jy dié?" vra Winston, steeds al kekkelend. "Jy kan dit terugkry, want ons het dit almal al gelees. Jou buddy Benner het dit dadelik met my en Topo ge-share."

Siti kyk fronsend na die stukkie papier, neem dit by Winston en toe sy sien dis haar eie nota, steier sy 'n paar treë agteruit.

Sy kyk met 'n bleek gesig af na Benner en toe sy omdraai en die kajuit verlaat, besef Benner dat hy in sy lewe nooit die uitdrukking op daardie pragtige gesig sal vergeet nie. 'n Uitdrukking van totale veragting en intense woede.

Winston kraai dit nou uit van die lag, totdat hy Benner se gesig sien. Die klein gangster probeer keer, maar te laat. Benner se vuishou tref hom op sy reeds gebreekte neus en hy, Benner, weet dat die mannetjie hierdie keer rêrig gaan slaap, lank en diep.

Op die inkvis se spoor

"Goeie nuus, Karel," hoor Karel Trompie oor sy selfoon sê.

"Ek kan doen met goeie nuus, Kaptein."

"Maar ek wil eers hoor of alles reg is daar by jou? Is jy oukei? Daar op Kangoberg?"

"Ja, ek's oukei, dankie, maar ek is op pad Kaap toe. Ek wil daar wees as Siti-hulle daar aankom."

"Goeie idee, dan kan ek sommer dáár by jou aansluit, want ek kom huis toe. Op bevel van Interpol. So, dan sien ons mekaar, oor 'n dag of twee."

"Dit ís goeie nuus, Kaptein. Maar ek dog jy help Interpol om Siti-hulle by te staan."

"Interpol is steeds betrokke, Karel, meer as ooit tevore. Die baas van Interpol is nou in beheer van Operasie Kraken. Persoonlik. Hy is hier, saam met my op die SS Fathia, steeds op die SafeHaven se spoor."

"Wat gebeur nou daar by julle, Kaptein? Keer daai flippen inkvis steeds dat julle die SafeHaven aanvat?"

"Ek's bevrees, ja, maar dit kan nie so aanhou nie. Dinge gaan tot 'n punt kom en ons vermoed dit gaan daar in die Kaap gebeur. So, om jou dan dáár te hê, sal ideaal wees. So gepraat, het jy al 'n idee wat ons kan doen om daai inkvis te elimineer?"

"Ek bedink 'n paar opsies, Kaptein, maar ek wil eers raad gaan vra. By iemand."

"By iemand? Mag ek vra by wie?"

Karel swyg vir 'n oomblik. Sal hy Trompie van sy besoeke aan Heitsi-eibib vertel? Nee, hoe kan hy? Trompie sal dink sy kop raas. Wat miskien in 'n sin wel die geval is.

"Ek sal later verduidelik, Kaptein. Maar hoekom wil jy weet wie my raadgewer is?"

"Omdat ek bekommerd oor jou veiligheid is, Karel. Baie bekommerd. Ek gaan nou oop kaarte speel. Die rede hoekom ek huis toe kom, is om na jou veiligheid om te sien."

"Wat sê jy nou, Kaptein?" Karel is verbaas. "Na mý veiligheid omsien? Hoekom?"

"Dis wat Interpol wil hê, Karel. En hulle is reg. Jy is 'n sleutelspeler in hierdie drama. Jy weet dit. Wie dit ook weet, is Topo. So, ek wil jou nie ontstel nie, maar jy kan in die Kraken-sindikaat se visier wees. As hulle, deur jou, beheer oor die e!Kang's kry, is dit verby met ons almal."

Karel wil praat, maar wat sê hy nou? Behalwe om toe te gee dat Trompie en Interpol reg kan wees. Hy wat Karel is, vermoed lankal dat sy lewe in gevaar kan wees. Maar om in ontkenning te leef, is 'n maklike uitweg.

"Is jy nog dáár, Karel?"

"Ja, Kaptein, ek is hier. Maar moenie bekommer nie, ek sal versigtig wees."

"Ek is bly jy sê dit. Van die os op die jas. Ek bring iemand saam met my, Suid-Afrika toe. Om my te help om 'n ogie oor jou te hou. Raai net wie is dit?"

"Geen idee nie, Kaptein."

"Onthou jy vir Annisa? Die een wat ons daar in Bosaaso ontmoet het?"

"Annisa? Daai mooi polisievrou? Natuurlik onthou ek haar. Ek onthou ook dat jy hier teen die einde ogies vir haar gemaak het."

"Neem jy my kwalik?" lag Trompie. "Ja, Annisa kom saam en sy kan nie wag om jou weer te sien nie."

Vir 'n oomblik spring Karel se gedagtes terug na die laaste keer toe hy die einste Annisa gesien het. Op die SS Fathia se brug, daardie nag toe Annisa almal om haar probeer troos het, veral vir Trompie wat homself heeltyd vir die gemors blameer het.

"Dan is dit reg, Kaptein," sê Karel, "sê vir Annisa dit sal lekker wees om haar weer te sien."

Later lê Karel op sy bed na die donker plafon en kyk. Hoe hy vannag geslaap gaan kry, weet nugter.

Hy staan op en beskou die donker struike in die tuin hier voor die huis. Dis 'n pikdonker nag en wie weet wat alles in die skadu's van daardie struike skuil? Hy was al 'n paar keer in sy lewe bang, maar nou, vir die eerste keer, ervaar hy ware vrees. Hy wil nie eens begin dink wat Topo se Kraken-sindikaat alles met hom sal aanvang nie.

Erger nog, wat hulle aan sy mense na aan hom sal doen as hy nie saamwerk nie. Mense soos Ouma en Zelda. Om nie eens van Siti te praat nie. Ja, hy sien nou uit na Trompie se terugkoms, saam met Annisa.

Intussen wag daar egter baie goed waaraan hy aandag moet gee. Soos byvoorbeeld sy volgende besoek aan Heitsi-eibib wat hy vir môreoggend beplan. 'n Besoek wat eenvoudig móét plaasvind, want die einste Heitsi-eibib het met hulle eerste gesprek iets genoem wat steeds by hom spook. Toe hulle oor ingewikkelde goed soos atome, protone en elektrone gepraat het, het Heitsi-eibib nog gesê, dis hoe die San die skepping sien, teenstellings op alle vlakke, van die kleinste tot die grootste. 'Met kleinste bedoel ek goeters wat kleiner is as wat die oog kan sien en met grootste bedoel ek groter as wat die oog kan sien'. Wat op aarde het die halfgod daarmee bedoel?

Hy raak aan die slaap, maar middernag skrik hy wakker. Meteens weet hy waarna Heitsi-eibib verwys het. En toe die idee hom tref, spring hy soos 'n staalveer orent, nou helder wakker. Heitsi-eibib het, heel waarskynlik onwetend, na kwantumverstrengeling verwys. Einstein se spookeffek!

Teenstelling op alle vlakke? Partikels wat met mekaar verstrengel is, spin in teenoorgestelde rigtings: Kaggen teen Gaunab, goed teen kwaad, liefde teen haat, lig teenoor donker.

Kleiner en groter as wat die oog kan sien? Ja, want hierdie partikels kan so klein soos atome wees of so groot soos 'n sterrestelsel wat ligjare van die aarde weg is. Beide daardie kleine atoom en daardie massiewe sterrestelsel is tog buite bereik van die mens se oog.

Sy gedagtes spring weer terug na een van sy gewaarwordinge tydens daardie gesprek met Heitsi-eibib. Toe hy gewonder het oor 'n atoom se protone en elektrone wat mekaar aantrek. Wat beteken dat 'n atoom dus na binne met homself verstrengel is.

Aangesien dit uit atome bestaan, sal die heelal dan ook as 'n eenheid verstrengel wees. Wat nie in stukke kan opbreek en uitmekaardryf nie. Die skepping is inderdaad asemrowend. Wat meer is, hierdie teenstrydigheid binne atome word noodwendig na die res van die skepping oorgedra, hoe anders? Dit verklaar dalk reg teenoor verkeerd, goed teenoor kwaad, waarheid teenoor leuen, blydskap teenoor smart, liefde teenoor haat.

Daar is niks wat die mens daaraan kan doen nie, behalwe miskien een ding: om die proton altyd bo die elektron te stel, die postiewe altyd bo die negatiewe.

Goed en wel, hierdie filosofiese goeters is interessant, maar waar bring dit hom? Net mooi nêrens nie. Hy en Siti, sowel as Trompie en Interpol, sit steeds in 'n helse gemors. En dit as gevolg van 'n flippen inkvis wat hy, Karel, in 'n sin help skep het. So, die volgende ding wat hom dan te doen staan, is om daai einste inkvis te vernietig.

Maar hoe? Hy kan wel iets soos 'n walvis of 'n haai ontwikkel, maar dit gaan tyd in beslag neem. Tyd wat hy nie het nie. Met die SafeHaven wat al hoe nader aan die Kaap beweeg en die groot slag wat dan wag, iets wat die slag van Armageddon van destyds na kinderspeletjies kan laat lyk.

Nou weet hy sy volgende gesprek met Heitsi-eibib gaan uiters belangrik wees. Dalk, net dalk, wys Heitsi-eibib om op iets wat hom kan help om daardie inkvis uit die pad te kry. Iets wat hy dalk nog heeltyd miskyk. Nie net om Siti uit daardie verknorsing te kry nie, maar ook om Topo en die Kraken-sindikaat die finale nekslag toe te dien.

Begin by die begin

Karel aktiveer die video en soos die vorige keer, tuimel hy af in die wondergat, teen die spoed van lig. En toe hy weer sien, staan hy op die wal van die einste wondergat. Hy lig sy 3D-helm van sy kop en bekyk die groot verlatenheid wat hom omgeef, met 'n gevoel van eensaamheid soos wat hy dit nog nooit ervaar het nie.

Wat hom opval, is die landskap wat weereens so anders lyk: groen grasvelde, bome, voëls, insekte en selfs diere wat hy nog nooit voorheen gesien het nie. Soos 'n massiewe swartrenoster wat verby 'n reusagtige horing na hom staan en staar. Swerms voëls wat met suiwer-soete klanke sing en kwetter en hom nuuskierig sit en betrag asof hy 'n wese van 'n ander planeet is. Wat natuurlik ook die geval is.

Wat hom opval is dat die renoster, soos die ander diere en voëls, nie op vlug slaan as hulle kom gewaar nie. Nee, hierdie wesens kom uit 'n tyd voordat die mens met hulle gal begin werk het. Voordat jag as 'n sport beskou was en tallose spesies van die oppervlak van die aarde verdryf is.

Nou, die volgende vraag is waar hy Heitsi-eibib gaan opspoor? Die vorige keer het die halfgod op sy eie oor die vlakte van die Richtersveld aangestap gekom – iets wat hierdie keer skynbaar nie gaan gebeur nie.

Hy neem plaas op die plek waar hy en Heitsi-eibib tydens sy eerste besoek gesit het en verkyk hom weereens aan die landskap wat so wemel van lewe. Wat 'n ervaring moes dit gewees het om in hierdie tydvak te kon lewe.

Sononder se koers besef Karel nee, Heitsi-eibib gaan hierdie keer nie sy opwagting maak nie, hy kan homself netsowel terug na sy eie tydvak begewe, na die jaar 2000 +. Maar toe gewaar hy dit: 'n majestueuse volmaan wat bo die horison hang. Hy kyk daarna en besluit nee, hoekom nou al terugkeer? Wat van vertoef tot môreoggend?

Die landskap is in silwerlig gebaai en die hemelgewelf bo sy kop is met skitterende sterre oortrek. Om nie van die naggeluide te praat nie: jakkalse wat roep, 'n leeu wat vêraf brul, 'n uil wat hoo-hoo, die ronde brom-klanke van 'n bromvoël, 'n hiëna wat eensaam kekkellag asook paddas en krieke wat uitbundig kwaak en tjirp, kwaak en tjirp.

Iewers deur die onvergeetlike nag moes hy aan die slaap geraak het, want toe hy wakker word, het die son intussen plek met die maan geruil. Karel kom orent, vryf sy oë met sy kneukels uit, strek sy arms bo sy kop en besluit ja, tyd vir huis toe gaan.

Hy tas na sy 3D-helm, maar voor hy dit oor sy kop kan trek, gewaar hy weer die eensame figuur wat oor die vlakte aangestap kom: Heitsi-eibib. Minute later sit hulle weer langs die Wondergat teenoor mekaar en Karel vra hoe die halfgod geweet het om hom weer hier te ontmoet?

"'n Bromvoël het my kom sê," verduidelik Heitsi-eibib. "Dis hoe dinge hier by ons werk. Nuus versprei vinnig van oos na wes, suid na noord. Deur voëls, insekte, diere en selfs deur plante. As mens bewus van hulle is en hulle respekteer, hoor jy heeltyd wat hulle sê."

'n Bromvoël? wonder Karel. Hy's op die punt om te vra of die voël dan van Twitter gebruik maak, maar besluit dan dat so 'n flou grappie nie nou sal werk nie. Buitendien het die wêreld waarin hy hom nou bevind, 'n Twitter-netwerk van sy eie, indien nie 'n hele kuberruim nie. Buitendien moes die naam Twitter intussen in elk geval plek maak vir X.

Hy hoor Heitsi-eibib verder verduidelik. "Ja, danksy onse god Kaggen, waardeer ons alles omtrent die skepping. Van die kleinste plantjie en gogga, tot die grootste olifant wat bestaan."

"Danksy Kaggen?" vra Karel. "Wat het hy dan gedoen dat julle alles omtrent die skepping so respekteer? Was dit van die begin af so?"

"Nee, in die begin was ons bang vir Kaggen. Hy was 'n streng god wat op ons neergekyk het en ons kwaai vir ons sondes gestraf het. Maar toe gebeur daar iets wat hom laat besef het nee, daar's 'n beter manier om die skepping te laat werk."

"'n Beter manier? Wat was dit?" vra Karel.

Toe vertel Heitsi-eibib: "Op 'n dag besluit die diere dat Kaggen nie net 'n vreesaanjaende god is nie, maar ook 'n onregverdige een. Hy straf mense wel vir hul sondes, maar ook word hulle voorgetrek. Die mens hiet en gebied soos hy wil en die res van die skepping moet dit maar net eenvoudig aanvaar. Ja, die mens verwoes die skepping en dier, voël, insek en plant moet daaronder ly, sonder enige seggenskap.

"Toe, in opdrag van die diere, besluit Elandbul om iets aan die saak te doen. Hy stig toe 'n komitee om, saam met hom, hul griewe voor Kaggen te gaan lug. Die komitee sou dan ook die voëls, insekte, reptiele, visse en plante verteenwoordig.

"'n Dag later word Kaggen versoek om die komitee te woord te staan en om dit moontlik te maak vir die plante en visse om ook by te woon, vergader hulle by 'n halfmens-boom wat langs 'n waterkuil groei.

"Eland open die vergadering en stel die komiteelede aan Kaggen voor. Hy, Eland, praat namens die diere, Uil namens die voëls, Duisendpoot namens die insekte, Pofadder namens die reptiele, Halfmens namens die plante en laaste maar beslis nie die minste nie, sal Paling namens die visse en ander waterdiere praat, sommer daar vanuit die waterkuil.

"Toe trek die komiteelede los, elkeen kry 'n spreekbeurt en soos hy na al die klagtes luister, besef Kaggen ja, die komitee is reg, hy ís 'n onregverdige god. Die mens word gruwelik voorgetrek en kom letterlik met moord weg.

"Net daar besluit Kaggen dat hy dinge voortaan anders gaan hanteer. Hy gaan van sy troon daar bo in die bloue hemel afklim en voortaan ook in die gedaante van al die ander lewende skepsels hier op aarde verskyn. Wat net een ding beteken, die mens beter van nou af in sy spoor trap en alle vorms van lewe met groter respek behandel. Want wie weet, daai nederige insek wat die mens gewoonlik met minagting behandel, kan dalk net Kaggen wees!

"En om sy punt daar en dan te bewys, verskyn Kaggen in die gedaante van Bidsprinkaan en met 'n swierige draai, vlieg hy op en gaan sit so ewe gedwee bo-op die stekelrige blare op Halfmens se kroon. Die komiteelede kyk verstom na Bidsprinkaan en toe breek spontane applous uit. Want almal het net besef dinge gaan vorentoe anders wees. Wat ook die geval was," sluit Heitsi-eibib af. "Kaggen hét toe voortaan in alle vorme verskyn en die mens hét toe die res van die skepping met veel meer respek bejeën."

"Dis 'n ongelooflike verhaal!" sê Karel en spring regop om die verteller staande applous te gee.

Maar toe tref die werklikheid hom en hy sit weer, half verslae. Want iewers langs die pad, het dinge anders uitgedraai. Daar waar hy vandaan kom, anderkant die jaar 2 000, is dinge terug waar dit was: daar waar Heitsi-eibib se verhaal begin het. Met die skepping wat weereens deur die verwoestende hand van die mens vernietig word. Asof dit die mens se godgegewe reg is.

Nou wil hy liewer wegkom van die onderwerp af. "Heitsi-eibib? Bestaan jy werklik of is jy net 'n mite? Uit die San se voorgeskiedenis?"

"Wat is die verskil?" reageer Heitsi-eibib. "As 'n mite eers plek in mens se gedagtes kry, word dit tog 'n werklikheid. Hoekom vra jy?"

"Daar's 'n ander mite waaroor ek wonder. Die een oor Kraken."

"Kraken? Uit 'n land vêr weg, daar in die noorde? Ja, ek weet van die inkvis Kraken. En ja, dit het as 'n mite begin en nou is dit vir baie mense 'n werklikheid."

"Ek moet Kraken vernietig, of dit nou 'n mite is of nie," sê Karel. "En ek weet eintlik nie waar om te begin nie. Ek het ook nie baie tyd nie."

"Wel," sê Heitsi-eibib, "jy het seker jou redes, maar dit gaan moeilik wees. Kraken kom al 'n lang pad en is geslagte lank reeds diep in die koppe van baie mense geplant."

"Ek het gehoop jy kan my help, Heitsi-eibib. Om by Kraken uit te kom. Jy weet alles van mites af, want dis tog hoe jý begin het."

"Begin by die begin," sê Heitsi-eibib, ingedagte. "Kom in kontak met wie ook al die mite begin het. By hom of haar sal jy alles omtrent daai inkvis leer. Elke mite begin om 'n rede en elke mite dra in boodskap oor. So, my jonge vriend, gaan vind uit wat daai boodskap is."

Sverresborg

147

Die volgende oggend vroeg lui Karel se selfoon en tot sy verbasing is dit Annisa se stem wat hy hoor.

"Ek wil net sê dat ek en Trompie op die punt staan om uit Dar-es-Salaam na Kaapstad te vertrek, onder andere om na jou veiligheid om te sien, Karel." En," gaan Annisa voort, "met die hoof van Interpol nou persoonlik in beheer van Operasie Kraken, hoef hy ook niks oor Siti te bekommer nie."

Hulle gesels vir 'n minuut of so en toe Annisa aflui, besef Karel weereens hoe kwesbaar hulle almal geraak het. Dankie tog vir iemand soos hierdie Annisa op wie hy kan vertrou.

Maar waarop hy eintlik moet vertrou, is dít wat hy moet ontwikkel om e!Kraken te elimineer, wat dít ook al gaan wees. Wat hom weer terugvoer na sy gesprek met Heitsi-eibib en die Kraken-mite. "Gaan vind uit wat daai boodskap is," onthou hy die San halfgod se afskeidswoorde.

En dit maak sin, maar ook makliker gesê as gedoen. Die Kraken-mite het in die verre verlede in die Noorweë ontstaan en hoe op aarde gaan hy nou, eeue later, uitvind waaroor dit eintlik gaan? 'n Sekere koning Sverre Sigurdsson het die mite glo iewers in die twaalfde eeu begin, maar hoekom? Daar kan 'n legio verklarings voor wees.

Goed en wel, hy kan terug in tyd beweeg om in gesprek met daardie koning te probeer tree, maar hoe op aarde kom hy daar? Sy video neem hom wel terug in tyd, maar fisies eindig hy by net een plek, en dis langs die Wondergat, daar in die Richtersveld, duisende kilometer weg van Noorweë af.

Maar wag 'n bietjie, besef hy skielik. Wat daarvan hy beweeg soos gewoonlik met sy 3D-helm af in die wondergat en stop die video op 'n bepaalde punt. Soos in hierdie geval by die twaalfde eeu, toe koning Sverre geleef het. Hy hoef tog nie video soos gewoonlik enduit te laat draai nie. Ja, hy kan tog net probeer.

Hy besef hy ook, hierdie tyd-reise kan gevaarlik wees. Enige iets kan verkeerd loop en wat 'n gemors kan dít nie afgee nie. Verbeel jou hy sit iewers in die oertyd vasgekeer sonder uitkomkans. Met byvoorbeeld 'n sabeltandtier wat hom begluur en sy lippe lê en aflek.

Die volgende twee ure bestee hy op die internet, soekende na inligting oor die Vikings van Skandinawië, oor koning Sverre Sigurdsson van Noorweë, oor sy kasteel Sverresborg in die stad Trondheim wat in die Middeleeue bekend as Nidaros was. Ook lees hy oor Magnus Erlingsson, Sverre se mededinger om die Noorse koningskap en die bloedige gevegte tussen die Bagler en die Birkebeiner wat uiteindelik dááruit voortgespruit het. Oor wie hy ook lees, is prinses Kristin Sverresdatter, oftewel prinses Kristin, die dogter van koning Sverre.

Kortasem sit hy weer sy 3D-helm op, aktiveer die wondergat video en beweeg versigtig af na die jaar 1150, toe Sverre in Noorweë geheers het. Hy stop die video betyds, maak sy oë toe en wag. Die volgende oomblik staan hy op die wal van 'n skouspelagtige fiord.

Karel is verstom oor die landskap waarin hy hom bevind. Oor die spieëlgladde watervlak van die Trondheim-fiord en die kranse wat dit omring. Hy draai om en bekyk die kasteel wat 'n ent weg op 'n heuwel oor die omgewing troon. Moet Sverresborg wees, besluit hy. Dis 'n indrukwekkende fortifikasie en hoe op aarde gaan hy verby die hekwagte kom om met Sverre 'n afspraak te probeer kry? Veral in hierdie tye wat oorlog tussen die Birkebeiner en die Bagler enige tyd weer kan opvlam.

Hy sal aan iets moet dink om die hekwagte te oortuig, maar wat? Gegewe veral dat hy, Karel, so anders as die plaaslike inwoners lyk. Hy wil terugdraai om die fjord weer te bewonder, maar 'n beweging trek sy aandag: drie figure wat vanaf die kasteel in sy rigting beweeg: 'n meisie en twee soldate. Die meisie kan in haar vroeë tienerjare wees en die twee kolossale soldate is groter as enige van die inwoners wat hy sovêr hier gewaar het. Die twee is swaar bewapen, elk met 'n dolk en 'n spies.

Die drie beweeg by hom verby met die meisie wat nuuskierig oor haar skouer na hom kyk en die twee soldate wat hom agterdogtig begluur.

"God dag," groet Karel in sy beste Noors, maar kry geen reaksie nie. Wat wel gebeur is dat die meisie in haar spore vassteek en hom steeds aanstaar, nou met openlike verbasing.

Karel probeer weer: "Mitt navn er Karel."

Die meisie tree nader en die twee soldate spring blitsvinnig tussen haar en Karel in, hande op die hef van die dolke wat hulle omgord. Karel tree agteruit – hy het aanvaar dat konfrontasie sy weg langs kon kom, maar darem nie só vinnig nie. Die meisie laat haar egter nie afsit nie en loer met 'n vriendelike gesig tussen die twee mans deur. "God dag," groet sy terug. "Mitt navn er Kristin."

Nou is dit Karel wat staar, want skielik besef hy met wie hy hier te doen het. Met, van alle mense, prinses Kristin, dogter van koning Sverre. En die twee bullebakke is natuurlik haar persoonlike lyfwagte. Die prinses probeer tussen die twee mans deur beur, maar soos te wagte slaag sy nie. Sy sê iets in haar taal en die twee mans staan teësinnig eenkant toe.

Kristin staan nou vlak voor Karel en hy kyk af in die blouste oë wat hy ooit gesien het. Hierdie kind is beeldskoon, besef hy en merk ook dat sy veertien, miskien vyftien jaar oud kan wees.

"Hvor er du fra?" vra sy met 'n stem wat klink soos 'n klokkie wat lui.

Karel lag en trek skouers op. Die paar woorde Noors wat hy gister vinnig oor Google se vertaaldiens geleer het, is amper opgebruik. Tog raai hy dat die prinses wil weet waar hy vandaan kom en hy antwoord, weereens in sy beste Noors.

"Jeg kommer fra Sør-Afrika."

Die drie beskou hom met fronsende gesigte en nou wonder hy of die Nore in die jaar 1200 al ooit van Afrika gehoor het, om nie eens van Suid-Afrika te praat nie.

"Jeg snakker litt engelsk," sê Kristin en toe vertaal sy self: "I speak a bid of English. And thou, Karel? Doth thou speak English?"

Karel kan kwalik haar woorde uitmaak en besluit dan dat die prinses in een of ander Engelse dialek van haar tyd praat. Tog is hy bly oor die deurbraak en geesdriftig beaam hy dat hy wel die taal kan praat. En wat sou die rede wees dat hierdie meisie Engels kan praat? In die jaar 1200 was Engels tog alles behalwe 'n wêreldtaal gewees.

Kristin lag kliphard en Karel sien hoe haar tande spierwit in die middagson flits. Hierdie prinses is mooier as 'n mens, besluit hy. Amper so mooi soos iemand met die naam Siti, 'n meisie wat meer as 8 eeue vêrder aan leef.

Kristin trek los, in haar vreemde Engels, met 'n stortvloed woorde waarvan Karel net hier en daar een verstaan. Hy soek na iets om te sê, maar intussen het die een lyfwag vorentoe getree om die prinses ferm aan die boarm te vat. Die man beduie na die son wat na die westelike horison begin leun en dan, met dieselfde hand, beduie hy in die rigting van die Sverresborg-kasteel. Ja, dis seker nou tyd vir Kristin en haar entourage om huiswaarts te keer.

Die prinses knik gelate en laat haar in die rigting van die kasteel weglei. 'n Paar treë vêrder, steek sy egter vas, draai terug en in haar vreemde Engels wil sy weet waar Karel se huis is? Sy huis is vêr van hier, antwoord hy. Daar doer in Sør-Afrika. Hy slaap sommer vanaand hier op die wal van die Trondheim-fjord.

Nou weer alleen, tuur Karel oor die water van die fjord en bedink die dag wat verby is. Vir 'n beter dag, kon hy nie voor gevra het nie. Om iemand soos Kristin sommer so met die intrapslag te ontmoet, is veel beter as waarop hy ooit kon hoop. Iets sê vir hom hy gaan die prinses weer te siene kry.

Dit gebeur ook toe veel vinniger as wat Karel kon droom, want 'n halfuur later staan die einste prinses weer agter hom, hierdie keer deur net een lyfwag vergesel. Op haar spesiale Engels, met daardie klokkie stem van haar, nooi sy Karel om in die kasteel Sverresborg te kom oornag. Sy het dit met haar pa uitgeklaar en op geen manier sal die koningshuis toelaat dat 'n eensame jong vreemdeling binne sy poorte alleen op die wal van 'n fjord oornag nie.

Van daardie oomblik af, leef Karel in 'n dwaal. Want 'n halfuur later, is hy deel van koning Sverre se huishouding. Sverre, seker die beroemdste fors in Noorse geskiedenis. Sverre, ook die skepper van seker ook die beroemdste mite in Noorse geskiedenis: synde inkvis Kraken.

Karel verkyk hom aan die kasteel: van buite 'n ondeurdringbare oorlog-vesting en van binne 'n luukse paleis, slegs vir koninklikes bedoel.

Hy word vir aandete genooi en tot sy verbasing is dit net hy en Kristin wat in die reuse-eetsaal aan tafel sit. Dis nou behalwe 'n huisbediende en een van Kristin se lyfwagte wat soos twee soutpilare eenkant op wag staan. Haar pa Sverre en ma Margaret woon vanaand 'n banket in die stadshuis by, maak die prinses verskoning.

Na ete staan hulle buite op een van die kasteel se talle balkonne wat oor die Trondheim-fjord uitkyk. Karel is verbaas oor die son wat steeds skyn en dan onthou hy ja, natuurlik, dis somer hier in die noordelike halfrond en die dae hier is nou eindeloos lank.

Kristin gesels oor alles en nog wat, maar skielik onderbreek sy haarself en wys na Karel se slimfoon. Hy het ingedagte met die ding in sy hand gestaan. Wat is dit? wil die prinses weet en Karel wonder hoe verduidelik mens 'n slimfoon aan iemand hier in die jaar 1200.

"It is a magic box," verduidelik hy. Dit kan baie goeters doen, soos byvoorbeeld om hom te help om mense te onthou. En sonder meer, neem hy 'n foto van Kristin en hou die skermpie voor haar gesig. Die prinses snak na haar asem en draai die selfoon deur verkillende hoeke om seker te maak dis nie 'n spieël waarin sy kyk nie.

Karel neem die foon, staan langs Kristin, neem 'n selfie van hulle twee en toe hy die resultaat vir haar wys, val die prinses se mond behoorlik oop. En soos te wagte, wil sy onmiddellik weet waar sy ook so 'n toorkis in die hande kan kry?

Hulle kan later daaroor praat, ontwyk Karel die vraag en nou verwens hy homself. Hy was nou rêrig dom om foto's te neem. Hoekom hét hy? Seker maar om die pragtige prinses te beïndruk. Jy's nou in die jaar 1200, Karel, berispe hy homself. Eers dink en dan doen.

Gelukkig het Kristin intussen aanbeweeg en wel met 'n vraag omtrent die dik sool van Karel se een skoen. Hy lig sy broekspyp op om sy kunsbeen te ontbloot en hierdie keer betrap die prinses se reaksie hom onkant. Ja, verduidelik sy, baie van haar pa se soldate loop ook op sulke bene rond. Bene wat hulle op een of ander slagveld verloor het.

So gepraat, gaan die meisie voort, sy wil 'n geheim met hom deel. Een waarvan net haar ouers weet. En dit is dat sy, Kristin, eintlik een van die Walkure is. Daardie oorlogsgodinne wat oor slagvelde kon vlieg om gevalle Noorse soldate na die hemelse Valhalla toe te neem.

En, fluister sy, hier is die bewys. Sy steek haar hand voor by haar baadjie in en kom met 'n hanger te voorskyn – 'n pragtige juweel-stuk met silwer vlerke wat 'n pers edelgesteente omvou.

Terug in Kangoberg, lê Karel die aand aan die vergange dag en dink. Hy het ongelooflik vêr gekom, vêrder as wat hy ooit kon droom. Ja, die geluksgodin was beslis sovêr aan sý kant. Of is dit hierdie keer die geluk-prinses? Wat eintlik, volgens haar, 'n Walkure is.

Hy dink aan die einste prinses se pragtige gesig en so raak hy aan die slaap. Maar toe hy begin droom, is dit 'n ander pragtige gesig wat hy sien: Siti s'n.

Die volgende oggend is hy terug in Sverresborg en 'n Stralende Kristin neem hom op 'n begeleide toer deur die massiewe kasteel. Die twee van hulle gesels weer land en sand en hulle besoek ook die kasteel se welige tuin. Een middag stap hulle af tot op die wal van die fjord, daar waar hulle 'n paar dae gelede ontmoet het.

Kristin staan voor Karel en hy kyk weer diep in die twee blou poele wat Kristin vir oë het. Hoe gelukkig is die man wat hierdie pragtige kind eendag as vrou gaan kry. Toe, asof die prinses gedagtes lees, word die einste twee oë onverwags droewig.

Daar is iets wat sy met hom wil deel, sê Kristin. 'n Hartseer ding. En dit is dat sy eendag moet trou met 'n man wat alreeds deur haar ouers gekies is. Sy naam is Philip Simonsson en hy is 'n goeie man, maar sy het hom nie lief nie. Nee, sy het iemand anders lief.

Die prinses tree vorentoe en sit haar arms om sy skouers. "Shall thou keep with me, Karel?" vra sy in haar klokkie stem. Toe, asseblief, gaan sy voort, sy sal hom baie gelukkig maak, belowe sy. Karel druk haar teen hom vas. Ja, hy sal sekerlik by haar wil bly, maal dit deur sy gedagtes, was dit nie vir ene met die naam Siti nie.

Kristin kyk op na hom, 'n traan oor haar wang: "No, I see now thou might not but hie. There is another wench waiting for thou, somewhere." Toe lig sy die Walkure-halssnoer van haar nek en hang dit om sý nek.

Nog 'n dag flits verby en tot Karel se frustrasie, kom hy nie by koning Sverre uit nie. Die koning is alewig dringend op pad iewers heen en Kristin se ma, koningin Margaret, hou meestal eenkant, in haar luukse suite met venters wat ooswaarts kyk, in die rigting van Swede wat haar land van geboorte is.

Maar Karel begin Kristin se vreemde Engels al hoe beter verstaan en stadig maar seker begin haar verhaal asook dié van koning Sverre vir hom duidelik word. Nog 'n dag later, ken hy die volle verhaal van Sverresborg. Een wat die onskuldige Kristin, sonder dat sy dit so bedoel het, aan hom oorgedra het.

'n Hanger met Walkure-vlerke?

Karel skrik wakker, asof uit 'n ongelooflike droom. Hy kyk rond om seker te maak hy's terug in Ouma se huis op Kangoberg. Ja, hy is natuurlik in sy slaapkamer, waar anders?

Hy sit orent en besluit om sommer nóú met die skryf van die Kraken-mite, soos deur Kristin aan hom geskets, neer te pen. Hopelik sal hy dan weet hoe om die huidige Kraken, hier in die jaar 2000+, aan te durf.

Hy begin tik, maar sy selfoon lui met Annisa se gesig op sy skermpie. Sjoe, die vrou van Puntland gee rêrig baie om vir hom. Wat Annisa dan ook bevestig deur te vra of hy nog oukei is en wanneer hy Kaap toe kom?

"Die skip SafeHaven sal nou enige dag om Kaap Agulhas vaar en dan is Tafelbaai net om die draai. Ek, jy en kaptein Trompie moet dan gereedstaan vir wat ook al gaan gebeur, Karel. Nugter weet wat op hierdie stadium rêrig op daai skip aangaan. Sou die stomme Siti ooit nog in beheer van sake wees?"

"Ja," sê Karel, "ek besef dit, maar daar is iets dringend wat ek moet afhandel en eers dán kan ek die bus Kaapstad toe haal."

"Nee," sê Annisa, "ek het 'n beter plan: ek kan 'n motor huur om jou daar op Kangoberg te kom haal. Dan is jy in veilige hande, mý veilige hande."

Hulle lui af en Karel frons. Hierdie Annisa neem sy veiligheid darem baie ernstig op. Hoekom? Wat weet Annisa wat hy nie weet nie? En nou dat hy daaraan dink, hy het lanklaas van Trompie gehoor. Die kaptein antwoord ook nie sy foon nie.

Toe stoot hy al sy vrae uit sy gedagtes om die Kraken-mite neer te skryf.

Sverre se lewe asook die lewe van al die Nore in Sverresborg, word deur een ding oorheers: sy stryd om die troon van Noorweë teen sy mededinger Magnus Erlingsson.

Om sy ware koningskap te bewys, moes Sverre dus heeltyd toon dat hy 'n beter leier as Magnus is. En om dáárin te slaag, hoef hy net een ding te doen: om die glorieryke dae van die Vikings te laat herleef.

Daardie glorieryke dae wat in die jaar 1066 begin draai het toe Viking strydros Harald Hardrada tydens die slag van Stamford Bridge verslaan is. En dit nogal deur 'n ander Harald, synde die Britse koning Harold Godwinson.

Stamford Bridge en meer spesifiek Engeland, was dan ook in Sverre se visier en, het hy besluit, as jy jou vyand wil verslaan, moet jy weet wat in sy kop aangaan. En om dít te doen, moet jy verstaan wat hy sê, in Engels, natuurlik. Wat dan ook verklaar hoekom hy sy dogter, Kristin, die taal laat aanleer het.

Voor hy Engeland of enige ander land kon binneval, moes hy seker maak dat sy eie land, Noorweë, veilig is. Vyandelike magte moes dus ontmoedig word om Noorweë se gebiedswaters te betree. Maar hoe sou hy dáárin slaag?

Toe, op 'n dag terwyl Sverre langs die Trondheim-fjord ingedagte oor die water sit en tuur, swem die antwoord vlak voor sy oë verby: 'n Reuse-inkvis, van alle goed! Net daar het die Kraken-mite begin en spoedig in skeepvaart-kringe oor die hele Noordelike Halfrond versprei: bly weg uit die Nore se gebiedswaters of sien hoe jou hele skip, bemanning en al, deur 'n monsteragtige inkvis verorber word.

'n Skitterende strategie, het Sverre homself op die skouer geklop, maar ongelukkig is dit nie waar dinge geëindig het nie. Want die Noorse seevaarders het sélf Kraken begin vrees en slegs onder groot dwang hulself op hul skepe in hul eie gebiedswaters begewe.

Skaakmat.

Al wat van Sverre se herlewing van die glorieryke dae van die Vikings oorgebly het, is 'n aaklige mite wat mettertyd in omvang toegeneem het. 'n Mite wat angs, haat, vyandigheid en alles negatief gesimboliseer het.

Lank nadat hy die verhaal van koning Sverre neergeskryf het, sit Karel voor hom en staar.

Alles voel onwerklik, asof hy nou in twee wêreld leef: hier verby die jaar 2000 waar e!Kraken leef, maar terselfdertyd ook in die jaar 1200, waar Sverre se inkvis leef. Uiteindelik kry hy sy gedagtes onder beheer en begin op sy eintlike taak fokus: die skep van 'n e!Kang-karakter wat e!Kraken kan vernietig. Móét vernietig.

Maar wat sal hy hierdie nuwe kreatuur noem? Hy dink en dink en uiteindelik besluit hy op nekarK!e, e!Kraken agteruit gespel. Hy google die naam Nekark en sien dit word reeds gebruik, maar hy kan nie nou langer tyd verspil om ander name uit te dink nie.

Hy aktiveer sy oupa se program sPook om aan die profiel van waterslang e!Bongi te begin werk, want soos wat e!Kraken uit die profiel van waterslang e!Bongi gevloei het, so sal nekarK!e ook dááruit moet vloei.

Maar hy kry nie met nekarK!e gevorder nie, want telkens flits 'n gesig in sy herinneringe op. 'n Pragtige gesig van 'n prinses wat Kristin heet. Wat sou van haar geword het? Van die meisie wat meer as 800 jaar gelede geleef het.

Hy google haar naam en die volgende oomblik trek sy keel toe. Want daar staan dit op sy skerm geskryf: Kristin Sverresdatter van Noorweë is dood. Dit het in die jaar 1213 met die geboorte van haar en wederhelf Philip Simonsson se eersteling gebeur. Karel voel siek en toe hy weer kyk, streep daar trane oor sy wange.

Hy begewe hom na die badkamer om sy betraande gesig met koue water te verfris, maar toe hy homself in die badkamerspieël gewaar, steier hy agteruit. Want om sy nek, lewensgetrou, is 'n hanger met silwer Walkure-vlerke wat 'n perskleurige edelgesteente omvou.

Die res van die dag probeer Karel aan nekarK!e werk, maar die oomblik as hy met die ontwerp van die gedierte begin, spring sy gedagtes terug na Kristin en daardie halssnoer van haar. Hy versteek dit diep agter in 'n laaikas in sy kamer asof hy dit op dié manier kan wegwens. Wat natuurlik nie gebeur nie, want as hy homself weer kry, is sy gedagtes terug by die halssnoer.

Hoe op aarde het dit om sy nek beland?

Daardie nag rol hy rond, sonder om 'n oog toe te maak en in die vroeë oggendure is sy besluit geneem: hy moet die juweelstuk terugneem sodat dit weer om Kristin se nek kan hang. Dis tog waar dit hoort.

Hy kan dan ook die geleentheid gebruik om Kristin te waarsku om nie met daardie aristokraat Philip Simonson te trou en sy kind baar nie: iets wat na haar dood gaan lei. Ja, dís wat hy gaan doen. Hy gaan terug Noorweë toe en al gaan dit ook hóé moeilik wees om teen haar pa, koning Sverre, se wens te gaan, hy moet keer dat Kristin in daai huwelik beland.

In daardie geval sal dit makliker wees om vir die jaar 1203 te mik, ná Sverre se afsterwe.

Karel staan weer op die wal van die Trondheim-fjord en asof afgespreek, kom Kristin uit die rigting van die Sverresborg-kasteel aangestap. En dankie tog, hierdie keer word sy nie deur daardie twee nors lyfwagte van haar vergesel nie.

Die glimlag span spierwit oor die prinses se stralende gesig en met oop gestrekte arms, hardloop sy binne Karel se omhelsing in. Maar toe versteen hy, want iets aan die meisie se liggaam voel vreemd. Wat?

Toe besef hy wat: Kristin is swanger – hoog swanger. Hoe kon dit gebeur het? 'n Dag of wat gelede het hierdie einste meisie nog die rietskraal lyf van 'n tiener gehad. Kristin babbel aanmekaar in haar vreemde Ou-Engels, so vinnig dat Karel skaars byhou. Maar tog hoor hy haar sê dat sy hom die afgelope 13 jaar só gemis het.

13 jaar? Toe besef Karel hy het sy datums verkeerd. Hierdie is nie die jaar 1203 nie. Nee, hy is 10 jaar te laat. Hy het 'n berekeningsfout gemaak en na die jaar 1213 teruggekeer, die jaar waarin Kristin geboorte gaan skenk. Ja, die Walkure is nie teen dood bestand nie, al wil die mitologie dit so graag anders hê.

Hy hang die einste Walkure-hanger terug om Kristin se nek en so, met die laggende jong vrou in sy arms, weet hy een ding: geen mens kan die geskiedenis verander nie, miskien net poog om van die toekoms 'n beter plek te maak.

Die volgende oggend staan Karel voor die badkamerspieël en heel verlig sien hy niks om sy nek hang nie, allermins 'n Walkure-hanger.

Dankie tog vir die wondergat video. Na Kristen se verhaal, weet hy nou presies hoe om in die kop van koning Sverre te kom. Want soos Heitsi-eibib gesê het: elke mite dra 'n boodskap en hy gaan uitvind wat daardie boodskap is.

Hy takel die kode van nekarK!e en so, stadigaan, neem daar 'n gruwelike gedierte vorm in sy rekenaar aan: een vol vernedering, woede en vergelding. Toe aktiveer hy Oupa se program sPook om nekarK!e met e!Kraken op 'n kwantumvlak te verstrengel. Hy besef hierdie is 'n massiewe waagstuk, maar ook dat hy geen ander opsie het nie. e!Kraken, in sy huidige stand, moet vernietig word en Einstein se spookeffek is al wat hier gaan werk.

Robbeneiland

Siti kyk deur die patryspoort van die SafeHaven se vragruim.

Die mistige kuslyn van Suid-Afrika skuif steeds stadig verby en volgens die kaptein, moet hulle reeds verby Kaap Agulhas wees. Nou nie meer lank nie, besef sy, dan is dit sulke tyd. Tyd vir die geveg tussen die inkvis en die watermeid, 'n ongelyke stryd as daar ooit een sal wees. Een wat net op een manier kan eindig.

Sy wil nie eens begin dink wat dán op hulle wag nie. Ja, 'n woord sterker as rampspoed sal dan uitgedink moet word. Dink net, die toekoms van die planeet in die hande van Mafioso Topo en sy Kraken-gespuis.

Tensy ene Karel iets aan die saak doen en met 'n wonderwerk te voorskyn kom. Iets waarin sy al hoe meer begin twyfel, want tydens haar laaste gesprek met hom, het hy baie onseker geklink. En, besef sy vir die soveelste keer, as hy wat Karel is hulle nie uit hierdie gemors kry nie, sal niemand anders kan nie.

Buitendien verkeer Karel, volgens kaptein Trompie, self in gevaar. Wat meer is, dis nou die derde dag dat sy niks van Karel hoor nie. Sy foon lui en lui net en die SMS'e wat sy stuur, word ook nie beantwoord nie.

Sy draai terug en bekyk die groepie kinders saam met haar en kollega Sandy hier in die vragruim van die skip. Die atmosfeer is morbied, want al weet die kinders nie presies wat hier aan die gang is nie, besef almal teen hierdie tyd dat daar iewers groot fout is. Sy en Sandy het ook al lankal uit trooswoorde, vae verduidelikings en vals beloftes geraak.

Siti se gedagtes skuif aan na Benner en onwillekeurig kners sy op haar tande. Hoe kon sy ooit gedink het dat die slapgat haar sou help om hulle uit hierdie gemors te kry? Om te dink dat sy saam met hom opgegroei het. Dat sy, soos hulle groter geword het, gedink het dat hy aantreklik is en selfs toegelaat het dat hy haar 'n keer of wat gesoen het. Sy gril en vee met die rugkant van haar hand oor haar lippe – asof die gebaar sal help om daai soene uit te wis.

Onverwags lui haar selfoon met kaptein Trompie Bopape se gesig op die skermpie. "Die SafeHaven is nou wêreldnuus," sê die kaptein. "Van regoor die aardbol, word die skip se vaart om die Kaap met ingehoue asems dopgehou. Daar is sekerlik geen TV op die planeet wat nie tans op die toneel ingeskakel is nie.

"Navo, asook die wêreld se groot moondhede, is almal op die toneel en soos jy seker kan hoor, wemel dit van militêre skepe om die skip en vliegtuie en helikopters in die lug bokant hulle. Almal kyk magteloos toe, want dis nou algemene kennis dat die massiewe inkvis wat die skip SafeHaven agtervolg, onvernietigbaar blyk te wees.

"Wat meer is, e!Kraken besef skynbaar dat hy die middelpunt van hierdie sirkus is, want die gedrog se bewegings om die SafeHaven kan net met een woord beskryf word, en dis die woord skouspelagtig. Dan is die inkvis onder die water en dan weer bo, heeltyd met tentakels wat dramaties om die skip vou en dan weer laat sak word. Om nie te praat van die streep pikswart ink wat hy in die seewater agter hom laat aanstreep nie."

"Wat hoor jy van Karel, Kaptein?" verander Siti van rigting. "As ék bel, antwoord hy nie."

"Ja, ons sukkel ook om hom in die hande te kry, maar moenie stress nie, Siti. Annisa is op pad Kangoberg toe om hom te gaan haal."

"Annisa?" vra Siti. "Hoekom gaan sý vir Karel haal? Ek dog albei van julle sien om na Karel?"

"Ekself kon nie gaan nie, want Interpol wil my hier in Kaapstad hê. Maar met Annisa by hom, sal hy veilig wees. Weet jy al wat Karel gaan doen om ons uit hierdie gemors te kry?" vra Trompie en Siti hoor desperate hoop in die polisieman se stem.

"Geen idee nie, Kaptein, maar hy sal aan iets dink. Ek weet dit net."

Lank nadat hulle afgelui het, sit Siti na die foon in haar hand en kyk. Asof dit enige oomblik weer kan lui met Trompie wat sê sy moenie bekommer nie, alles is reg. Interpol weet nou hoe om e!Kraken te elimineer. En daarmee saam vir Topo en sy ganse Kraken-sindikaat. Die wêreld gaan spoedig weer reg wees, soos dit veronderstel om te wees.

Maar natuurlik lui haar foon nie en sy begin dink aan dít wat sy tot dusvêr met opset uit haar gedagtes forseer het: wat gaan rêrig gebeur as die SafeHaven in Kaapstad aankom? Die geveg tussen die inkvis en die watermeid is 'n gegewe, maar is daar iets wat sy, Siti, aan die saak kan doen? Veral wat die veiligheid van die kinders aan boord betref.

Want, as die twee gediertes mekaar bevlieg, kan dit net op een plek gebeur en dit is hier, aan boord die SafeHaven. Met die kinders in die middel van 'n slagting wat wie weet watse afmetings kan aanneem.

Uit die bloute onthou sy iets wat die kaptein die vorige dag gesê het: dat e!Kraken die skip heeltyd weg van die land af forseer. Die oomblik as hulle te na aan die kus kom, druk die inkvis hulle weer terug oop see toe. En, wou die kaptein weet, as dit die geval is, hoe gaan hy die skip in Kaapstad se hawe kry?

Toe tref iets haar: die inkvis hou hulle doelbewus in die water, want dis sý terrein. Dis hoe die ding geprogrammeer is. Die inkvis is 'n waterdier wat nie sy prooi oor land kan agtervolg nie, iets wat sy ontwerper, Brady, hopelik buite rekening gelaat het.

166

Dis hier waar die inkvis van die watermeid verskil. e!Marli is op land net so tuis as in water.

As die komende geveg dus op land kan plaasvind, kan die bordjies verhang word. Of tas sy nou na strooihalms? As sy tog net hierdie moontlikheid met Karel kon bespreek, maar nou antwoord die dude nie sy flippen foon nie.

Sy klim met die trap op na skip se brug om haar nuwe teorie met die kaptein te deel. Indien sy reg is, is daar 'n manier waarop hulle naby genoeg aan land kan kom? Om darem net die kinders veilig aan wal te bring, buite die inkvis se bereik?

Die kaptein frons ingedagte en knik dan instemmend. Ja, Siti se teorie maak sin. "Geen inkvis kan buite seewater funksioneer nie en e!Kraken is hopelik geen uitsondering nie. En ja, daar ís dalk 'n manier om die inkvis te uitoorlê," verduidelik die kaptein

"Nadat ons om Kaappunt gevaar het, kan ek vir die Kaapstadhawe mik, maar natuurlik sal e!Kraken ons steeds weg van die land af dwing. En dis presies wat moet gebeur, want net 'n entjie vêrder noordwes lê Robbeneiland."

"Wat van Robbeneiland?" vra Siti met ingehoue asem.

"Ek kan volstoom op die eiland afvaar om die SafeHaven in die vlakwater te laat strand. So 'n maneuver kan e!Kraken vir 'n oomblik onkant betrap, lank genoeg om die kinders deur die vlakwater op die strand te kry, weg uit die inkvis se terrein."

"Sjoe," sê Siti, "dit klink na 'n opsie, maar ook baie riskant. As 'n skip strand, is die passasiers tog alles behalwe veilig? Veral op 'n skip wat volstoom op 'n rotsagtige kus afpyl?"

"Natuurlik is dit riskant," reageer die kaptein, "maar daar is 'n sandstrand aan die ooskus van die eiland, net suid van die hawe. Waar die skip kan strand sonder om stukkend geskeur te word. Buitendien, watse alternatief het ons?"

Ja, besef Siti, watse alternatief hét hulle? En wie sê die kaptein se plan kan nie werk nie? Veral omdat e!Kraken onwaarskynlik vir só 'n vreemde maneuver geprogrammeer is. Wat meer is, sy is beïndruk met die kaptein se manier van dink en sy kennis omtrent die waters om die Kaap. Jammer dat sy die man onder sulke vreemde omstandighede moes leer ken.

Siti begewe haar af na die vragruim en gaan lê eenkant op 'n matras. Sandy, soos al die kinders, is steeds swygsaam en kyk gelate voor haar op die dek vas. Soos een wat opgegee het en nou maar net vir die onvermydelike sit en wag.

Siti haal haar selfoon uit en skakel Karel se nommer, maar vir die hoeveelste keer sê die foon die intekenaar is nie nou beskikbaar nie, maar sy kan 'n boodskap laat. Wat sy ook al fluisterend doen.

"Karel, wat gaan aan? Hoekom antwoord jy nie? Praat met my, dis nag hier op die skip. En jy moet weet wat ek en die skeepskaptein beplan. Ons gaan die SafeHaven op Robbeneiland laat strand, op die stuk sandstrand suid van die hawe. Dis al waaraan ons kan dink. Om die kinders buite die kloue van die inkvis te probeer hou. Ek het reeds kaptein Trompie laat weet."

Sy wil aflui, maar dan, uit die bloute, hoor sy haarself voortgaan: "En bly weg van daai Annisa af. Iets omtrent haar is nie lekker nie. Ek bekommer my siek oor jy nou alleen by haar is."

Skielik onthou sy van e!Marli en haar drie gevangenes daar in Topo se kajuit. Sjoe, sy het lanklaas gaan kyk wat daar aangaan. Wat net wys in watter mate sy op die watermeid staatmaak.

Sy begewe haar na Topo se kajuit, maak die deur versigtig oop en kyk onmiddellik na die muur waarteen e!Marli se beeld gereflekteer is. Dankie tog, die getroue wese is op haar pos. Siti betree die kajuit en bekyk haar drie gyselaars: drie skurke wat haar smalend sit en beskou. Wat gaan hier aan? wonder sy. Hoekom lyk die drie nou so seker van hulself? Of is dit net aangeplakte bravade?

"En?" smaal Benner, "het jy al van die lastige inkvissie ontslae kon raak? Of is sy steeds hier agter die skip, in full pursuit?"

"Hou jou smoel, Benner," dreig Siti. "Ek stel nie in jou vrae belang nie. Ook nie in jou mening nie." Sy mik na die deur om die kajuit te verlaat, maar toe kom Topo by.

"Jy't groot probleme, jou klein heks. Jy't 'n ding hier begin wat jy nie gaan klaarmaak nie. And I can see you know it."

Moet sy nie maar die watermeid op hierdie drie loslaat en klaarkry nie, wonder Siti, maar sy onderdruk die versoeking en verlaat die kajuit sonder om iets te sê. Buite in die gang kom sy tot stilstand en voel 'n vlaag angs in haar opstoot wat haar kortasem maak. Ja, Topo is dalk reg, sy hét iets begin wat lelik kan eindig. Lelik vir haar en baie ander mense.

Karel vat oor

Karel luister na Siti se boodskap oor en oor, soos wat hy die afgelope paar dae met al haar boodskappe doen, sonder om daarop te antwoord.

Want wat hét hy vir Siti te sê? Net mooi niks. Behalwe natuurlik die vae beloftes wat hy nou al tot vervelens aan haar maak. Toemaar, Siti, ek werk aan 'n plan. Toemaar, Siti, alles al regkom. Toemaar, Siti dit en toemaar Siti dat. Al wat hy doen, is om die meisie van sy hart vals hoop te gee.

Goed en wel, met nekarK!e het hy wel 'n plan, maar dis 'n verregaande plan wat 'n goeie kans staan om te misluk. Selfs die teenoorgestelde gevolg kan hê van dit waarop hy hoop. Nee, om dít met Siti te deel, sal dinge net vererger. Dit kan selfs die laaste bietjie vertroue wat sy nog in hom het, ook verlore laat gaan.

Wat hom veral verstom, is dat Siti so bekommerd is oor hom wat Karel is. Liewe aarde, sy meisie sit met 'n probleem honderd keer erger as syne, maar daar bekommer sy haar oor hóm? Ja, besluit hy weer, meisies is ongelooflike wesens. G'n wonder hy is so versot op een van hulle nie.

Wat meer is, Siti het hom op iets gewys wat hy, Karel, lankal moes besef het: dat die inkvis eintlik net in water funksioneer en op land maklik deur 'n opponent soos die watermeid kafgedraf kan word. Hoe kon hy dit misgekyk het?

Hy google skeepswrakke by Robbeneiland en geskok sien hy dat meer as 30 van die goed onder die water om die rotsagtige strande van die eiland gestrand lê. Wat beteken dat Siti-hulle se plan dodelike gevolge vir almal aan boord kan hê. Wat ook wys hoe desperaat sy en die kaptein teen hierdie tyd moet wees.

Hy hoor iemand agter hom praat. Annisa. "Kom kyk net wat hier op die TV aangaan, Karel. Jy sal dit nie glo nie. Die SafeHaven is nou verby Houtbaai met die inkvis steeds vlak agter hulle. Kom kyk net al die helikopters oor Tafelbaai. Dit lyk soos 'n militêre inval."

"Dankie, ek sal later kyk," antwoord Karel, soos wat hy elke keer antwoord vandat hy en Anissa 'n dag gelede hier in Kaapstad aangekom het, en nou hier in Interpol se woonkwartiere in die middestad tuisgaan. Hoekom sál hy na die drama op TV kyk? Na die drama sonder einde wat deur die media uitgebuit word soos nooit tevore nie. Kyk sal hom buitendien net meer magteloos laat voel.

Skielik onthou hy die laaste deel van Siti se boodskap. Wat hom teen Annisa waarsku. Weer wonder hy wat Siti weet wat hy nie weet nie? Die polisievrou lyk tog heel onskuldig. Aan die ander kant, Siti sal hom tog nie verniet waarsku nie. En wat het nou skielik van kaptein Trompie geword? Die man het eenvoudig net van die toneel af verdwyn. Ja, hier is 'n slang in die gras. Of is dit nou 'n paling in die water?

Hy hoor Annisa verder praat. "Vanmiddag behoort die SafeHaven in Kaapstad se hawe te wees en volgens Interpol is dít waar al die aksie gaan wees. Die hawe is alreeds ontruim ingeval dinge handuit ruk."

"Dis saak is reg," antwoord Karel, "behalwe een ding. Die aksie gaan nie in die Kaapse hawe wees nie. Dit gaan op Robbeneiland wees."

"Waar kom jy daaraan?" vra die polisievrou, oë pierings gerek.

"Dis nie nou belangrik nie," sê Karel en skielik, vir die eerste keer in 'n lang tyd, kom 'n kalmte oor hom. Ook die wete dat sy plan met nekarK!e gaan werk, absurd soos dit is.

"Reël vir ons 'n helikopter, Annisa," sê hy. "Ek wil op daai eiland wees as die SafeHaven daar aankom."

"En as dit nie op die eiland aankom nie?" vra Annisa, steeds met gerekte oë.

"Maak soos ek sê, Annisa. Ek skuld jou geen verduideliking nie. En weet jy wat? Met kaptein Trompie wat skielik verdwyn het, neem ék, Karel, nou beheer oor hierdie hele besigheid. Van Operasie Kraken. Of jy en jou baas by Interpol nou daarvan hou of nie."

Hy sien Annisa se nekspiere verstyf en haar twee swart oë raak skielik weerbarstig. Sy wil praat, maar Karel spring haar voor.

"Ons is in groot moeilikheid, Annisa, en jy weet dit. As daar een is wat ons uit hierdie gemors kan kry, is dit ek. Dit weet jy ook. So, kry daardie helikopter."

'n Skouspel in Tafelbaai

Dis 'n windstil winterdag, so asof die Kaap van Storms 'n beste voetjie voorsit vir die drama wat wag om hier in sy waters af te speel.

Siti staan langs die skeepskaptein op die SafeHaven se brug. Groenpunt lê nou direk oos met die skip wat stadig deur die kalm water van Tafelbaai ploeg, noord, rigting Robbeneiland.

Sy druk haar selfoon teen haar bors, asof sy haar gesprek met Karel 'n paar minute gelede op dié manier wil vertroetel. "Ek is hier, Siti," het hy gesê. "Hier in die Kaap, by jou. Ék is die een wat jou in hierdie gemors gekry het en ék is die een wat jou daarúít gaan kry. Vir jou en almal daar op die SafeHaven."

Sy het van blydskap gelag én gehuil, veral toe sy, vir die eerste keer sedert Operasie Kraken begin het, 'n rustigheid in sy stem gehoor het. "Waar is jy?" het sy gevra en toe hy sê dat hy op Robbeneiland op haar wag, het sy hardop gesnik. En nou, met die foon steeds so teen haar bors, sien sy kans vir alles wat die noodlot ook na hulle kant toe wil gooi.

"Nog so 10 kilometer," beduie die kaptein met die hand reg voor hulle uit, na waar Robbeneiland soos 'n baken in die winterson op hulle lê en wag. Die kaptein beduie met die hand na agtertoe. "Kyk daardie inkvis. Dis die vêrste wat ek hom nog van die skip af gesien het."

Siti draai terug en sien ja, inderdaad, e!Kraken is nou maklik 'n 100 meter agter die skip, nie die gewone 10 of selfs 5 meter nie. Hoekom sou dit wees?

Haar aandag word afgetrek deur die soveelste helikopter wat klop-klop-klop oor die skip vlieg, hierdie keer besonder laag. Moet seker een van talle waaghalsige kameraspanne wees, vermoed sy. Spanne wat nou openlik meeding om die intiemste beeldmateriaal van die gedoemde skip aan 'n sensasie-honger wêreld te ontbloot. Een se nood was nog altyd die ander se brood.

Die SafeHaven pols nou ritmies op Robbeneiland af en verbaas sien Siti dat e!Kraken al hoe vêrder agterraak. "Die inkvis volg ons steeds," bevestig die kaptein, "maar nou veel stadiger as voorheen. Dit lyk selfs of die ding min gepla kan wees met sy prooi wat nou doelgerig op land af vaar.

"En dalk," voeg die kaptein by, "kan ek die skip by die eiland se klein hawe laat invaar, sonder om dit op die sandbank te laat strand. Wat wonderlik sal wees, want só sal hulle die kinders veel makliker aan wal kry."

Hulle vaar verder en tot Siti se blye verbasing, word die gaping tussen hulle en e!Kraken steeds al hoe groter. Kan dit waar wees? En wat de duiwel gaan rêrig hier aan? Het daai plan van Karel iets hiermee te doen? Moet wees, wat anders?

Haar foon lui weer met Karel se gesig op die skermpie. "Sien jy wat ék sien, Karel?" blaker Siti dit uit. "Kyk net waar's die inkvis nou. Seker 'n kilometer terug. Wat gaan aan? Weet jy?"

"Ek dink ek weet, Siti. Dis die spookeffek wat werk."

"Die spookeffek? Waarvan praat jy, Karel?"

"Ek sal later verduidelik. Kry eers die skip hier in die hawe. Sodat ons die kinders van die ding kan afkry. Oukei?"

"Ja, oukei, Karel. Waar op die eiland is jy?"

"Ek wag vir julle hier op die hawe. Om die waarheid te sê, ek kyk al 'n hele ruk lank hoe julle nader kom."

"Wat gebeur as ons in die hawe aankom?"

"Ek sal julle hier na die ou gevangenis toe bring. Robbeneiland se gevangenis. Dis naby die hawe en die kinders kan hier skuil totdat alles veilig is. Oukei?"

"Annisa? Waar is sy?"

"Sy's ook hier, by my."

"En kaptein Trompie? Weet jy al waar hý is?"

"Nee, geen idee nie."

'n Kwartier later is die SafeHaven binne die hawe en die kaptein stuur skulms op die kaai af.

Sandy het die kinders intussen op die bodek saamgebondel en toe die skeepsromp teen die kaai skuur, begin die oudstes na onder spring. Soos vooraf beplan, wag hulle daar om die jonger kinders veilig op hulle voete te laat land.

Siti is steeds op die brug en kyk angstig in die rigting waaruit hulle gekom het, maar daar's nou geen teken van die inkvis nie. Die kaptein trek ook skouers op en sê dit lyk asof die gedierte nou onder die waters van Tafelbaai verdwyn het. Nie eens die punt van 'n tentakel of 'n druppel ink is iewers te bespeur nie.

Siti gewaar Karel op die kaai, omring deur die kinders wat instinktief om hom saamdrom. Hy wink Siti met beide arms af na hom toe, asof dit enigsins nodig is.

"Gaan," sê die kaptein vir haar, "ek sal dinge hier aan boord verder beheer."

Sy storm teen die trap af na die bodek en mik om vêrder af na die kaai te spring, maar toe onthou sy weer van e!Marli en die drie gevangenis. Sy storm af na die kaptein se kajuit, pluk die deur oop en bars na binne.

Die volgende oomblik steier sy agteruit, want die toneel voor haar is alles behalwe aangenaam om te aanskou. Die vertrek is in chaos en lyk veel meer na 'n miniatuur slagveld as na 'n kajuit. Die meubels is flenters en seewater slaan deur 'n stukkende patryspoort na binne.

Topo, Benner en Winston lê op die dek met gesigte dik en potblou geswel. Siti kniel vinnig by elkeen en goddank sien sy dat almal nog leef. Sy kyk op na die watermeid wat steeds teen die muur geëts sit, die onskuld vanself.

"Wat het hier gebeur, e!Marli?" vra Siti. Maar sy weet wat die antwoord is. Die drie skurke het natuurlik probeer ontsnap en toe het die watermeid maar net haar werk gedoen. Wat anders? Waar was die inkvis toe dit gebeur het? Hy's tog veronderstel om Topo te beskerm?

"Ek kom jou later haal, e!Marli," sê Siti. "Vir jou en jou drie pasiënte."

Toe storm sy met die trap op na bo, na die bodek en toe af op die kaai, waar die kinders en

Karel op haar wag. En nugter weet wat alles nóg op haar wag.

? ? ?

"Annisa?" vra Karel, verstom. "Wat sê jy? Jy werk vir wie?" Die twee van hulle staan voor die ingang van die Robbeneiland-gevangenis wat nou in 'n museum verander is.

ONS DIEN MET TROTS, staan daar in vierkantige letters bo die ingang geskryf. Die een waardeur Siti, Sandy met die kinders vroeër gevlug het om in die binnehof van die tronk te skuil, ingeval e!Kraken besluit om tog weer toe te slaan.

"Soos jy weet, werk ek vir die PMPF," hoor Karel Annisa verduidelik. "Maar wat bitter min mense weet, is dat ek ook vir Kraken-sindikaat werk."

Karel voel hoe sy twee oë rek. Het hy reg gehoor? "Vir die Kraken-sindikaat? Met ander woorde vir Topo? Jy's nie nou ernstig nie."

"Ek is ernstig, ongelukkig. Dis net Topo en sy eerste luitenant in die sindikaat wat hiervan weet, niemand anders nie. Behalwe natuurlik nou ook jy."

"Hoekom vertel jy my nou?"

Annisa antwoord, maar 'n helikopter vlieg laag oor hulle koppe en haar woorde raak weg in die klop-klop-klop van die tuig se vlerke.

"Omdat ek hier in opdrag van Topo is," hoor hy Annisa uiteindelik sê. "En die opdrag is om jou vir die sindikaat te werf. Of."

"Te werf? Of wat?" Karel sukkel steeds om te glo dat hierdie gesprek rêrig plaasvind. Hoeveel intriges wag daar nog op hom?

"Of om jou ... te elimineer."

"Elimineer? Jy bedoel soos in ... doodmaak?"

"Dis my opdrag, ja, maar natuurlik is dit absurd. Hoe kan ek, Annisa, so iets doen? Veral nou? Noudat alles besig is om reg te kom. Met Topo-hulle gevang en die inkvis wat blykbaar nou belang by ons verloor het."

"Hoekom werk jy vir Topo, Annisa?"

"Jy bedoel hoekom hét ek vir hom gewerk? Dis 'n lang storie. Wat ek later sal vertel. Maar ja, hulle het iemand gesoek om van binne op die PMPF te spioeneer. Toe kies hulle my, dreig om my ouers te vermoor en toe het ek geen keuse gehad nie. Maar nou hét ek een."

"Ek is bly om dit te hoor, Annisa," sê Karel met aangeplakte leedvermaak. "Ek hoop jou keuse werk in my guns."

Annisa lag, kom voor Karel staan en vou haar arms om sy skouers. "Ja, dit gaan in ons álmal se guns werk. Maar sê nou eers, wat het gebeur? Met die inkvis? Hoekom bedreig die ding ons nie meer nie?"

"Dis ook 'n lang storie. Wat met kwantum-verstrengeling te doen het. Ek sal later alles verduidelik. Ek wil eers dubbel seker maak dat die inkvis rêrig nie meer 'n bedreiging is nie."

"Wat verwag jy gaan die ding nou doen?" vra Annisa.

"Moeilik om te sê, maar as alles goed gaan, sal dit onder die water verdwyn, tot op die seebodem afsak en daar sal dit stadigaan disintegreer."

"Disintegreer?"

"Ja, onthou die ding is niks anders as 'n energie-veld nie. Sonder 'n missie wat dit voortdryf, behoort daardie energie veld te verswak. Totdat dit later nie meer bestaan nie."

Annisa tree agteruit, kyk oor Karel se skouer en hierdie keer is dit háár twee oë wat rek. "Ô, ô," sê sy en beduie met die hand na die see agter Karel. "Lyk nie of jou inkvis van plan is om te disintegreer nie, Karel."

Karel swaai om en voel hoe die knie van sy gesonde been onder hom swik. Want daar, honderd meter van die strand af, verskyn e!Kraken op die oppervlak van die see, nou groter as ooit tevore. Toe, afgemete, kom die monster met swaaiende tentakels landwaarts geswem.

Karel kyk in die twee massiewe oë: spierwit oë met pikswart pupille wat vlak bokant die seevlak, al hoe nader aan die eiland kom.

'n Stilte kom skielik oor Tafelbaai met helikopters wat nou, sterte na bo gelig, in groot getalle haastig landwaarts wegskarrel. Behalwe een helikopter wat laag oor die seevlak na die eiland aangevlieg kom om langs die kaai te land. Een enkele passasier klim uit die tuig, beweeg gebukkend onder die swaaiende vlerke deur en kom dan na Karel en Annisa aangestap:

Kaptein Trompie Bopape.

Karel staan langs Trompie en Annisa en kyk hoe e!Kraken steeds stadig uit die water van Tafelbaai beweeg en op die smal stuk strand stelling inneem. Vanwaar die gedierte hulle deur sy massiewe twee oë staan en betrag.

Verder is dit doodstil – geen wind nie met slegs die ligte geklots van branders teen die breekwater van die hawe, 'n paar meter vêrder aan. Selfs die alomteenwoordige seemeeue is stil.

Karel het eenkeer gehoor iemand kla dat sy wêreld om hom ineengestort het. Hoe sou so iets voel? het hy toe gewonder, maar nou weet hy, want met die monsteragtige inkvis hier voor hom, het sy eie wêreld pas ineengestort.

Ja, sy gedobbel met kwantumverstrengeling, het toe misluk. Wat meer is, hy kan nou as net nóg 'n toeskouer staan en kyk hoe hierdie aaklige drama voor hulle gaan uitspeel.

"Waar is Siti en die kinders?" vra Trompie en beduie met die duim oor sy skouer na die hoë muur agter hom. "Skuil hulle hier in die gevangenis?" Ja, knik Karel en Trompie praat verder. "Gaan sluit dadelik by hulle aan, julle twee. Ek het iets wat ek met daardie inkvis moet uitklaar."

Karel kyk verbaas na Trompie.

"Uitklaar, Kaptein? Wat uitklaar?"

"Ek gaan myself oorgee. Sodat hy die res van julle in vrede kan laat?"

"Oorgee? Waarvan praat jy, Trompie?" vra Annisa, eweneens uit die veld geslaan.

"Hierdie hele gemors is mý skuld," antwoord Trompie. "Was dit nie vir my en my verslaafde suster nie, sou niks hiervan plaasgevind het nie. So, kry koers, julle twee. En dis 'n bevel. Gaan help binne vir Siti daar by die kinders."

Sonder meer draai Trompie sy rug op hulle en begin aanstap na waar e!Kraken steeds roerloos op die strand staan en wag. Asof die inkvis bewus van die komende ontmoeting met Trompie is.

Karel hinkstap agter Trompie aan. "Jou kop raas, Kaptein! Hoe gaan die inkvis verstaan wat jy probeer doen? Dat jy jouself offer ter wille van die res van ons?"

Trompie stap egter voort, sonder om terug te kyk. Karel steek vas, onseker. Wat nou? Hy sien Annisa het intussen terug deur die hek van die gevangenis gedraf, terug na Siti-hulle toe. Iets wat hy, Karel, ook seker nou moet doen.

Hy kry homself egter nie sovêr om Trompie alleen te laat nie. Hy draai terug en sien die kaptein het intussen tot by e!Kraken gevorder. Daar, op die strand, sak hy op sy knieë af, sprei sy arms wyd en lig sy ontblote keel op na die inkvis toe. Dis duidelik die ongeskrewe teken van oorgawe, besluit Karel, maar sal e!Kraken so 'n teken verstaan?

Karel sien hoe die inkvis een tentakel na Trompie uitsteek, dit om sy lyf slaan, sy offerande drie meter in die lug oplig en teen sy wang vasdruk.

e!Kraken begin aanstap, reg op Karel af en sekondes later voel hy die slymerige kontak van 'n ander tentakel om sý lyf vou. Sy voete verlaat die grond, en soos met Trompie, word hy teen die inkvis se ander wang vasgedruk.

Toe, van daardie oomblik af, verloor Karel kontak met die werklikheid. Dis asof hy nou êrens in 'n teater sit en 'n drama aanskou wat op 'n surrealistiese verhoog afspeel. Hy sien hoe die inkvis met sy twee slagoffers, steeds teen sy wange vasgedruk, oor die muur van die gevangenis klim.

Hy sien hoe die inkvis na die een hoek van die tronk se binnehof begin stap – die hoek waar Siti, Sandy, Annisa en die kinders angsbevange saamgebondel sit.

Hy voel hoe die inkvis hom sagkens langs Trompie op die grond neersit en dan op sy tentakels vêrder na die vreesbevange groepie toe stap. Die inkvis staan voor sy slagoffers, sak stadig op sy maag neer en versigting steek die dierasie sy tentakels tussen die verskrikte kinders in.

Toe, met deernis, begin hy die kinders ewe liefdevol teen sy lyf vasdruk, een vir een. Sekondes later kom die inkvis orent en lig die bondel mense in sy tentakels op. En so, met 'n geskommel en 'n gewieg, stap die gedierte speel-speel met sy kosbare vrag in die binnehof rond.

Dan weer lê e!Kraken op sy rug en swaai sy tentakels met sierlike kronkels deur die lug, die kinders al klouende om bo te bly.

Dis tóé dat Karel besef dat hy die toeskouer van 'n blyspel is, nie 'n drama nie. Dis ook tóé dat hy weet dat die spookeffek nog heeltyd in werking was.

Die kinders het intussen ook besef dat hulle deel van 'n blyspel is, een wat eintlik 'n speletjie is. 'n Uitbundige speletjie, vol vreugde en pret.

"Karel! Wat gaan hier aan?" hoor hy iemand langs hom vra. Dis Siti wat die skouspel oopmond staan en beskou. Karel wil antwoord, maar wat sê hy nou? Behalwe om maar net weer te sê dis die spookeffek wat werk.

Toe, asof e!Kraken besluit tot hiertoe en nie verder nie, hop hy eenkant toe en met al sy tentakels potsierlik onder die massiewe lyf ingebondel, trippel hy soos 'n wafferse ballerina eenkant toe en, met 'n sierlike wawiel aksie, tol hy oor die muur van die gevangenis en daar galop hy met lang hale weg, terug na die see toe.

En oomblikke later is daar geen teken van die gedierte nie.

Stomme Einstein

'n Week later is Karel en Siti terug op Kangokop, die plaas waarop die !Kang's bende destyds opgegroei het. Ook die plaas waar 'n verhaal begin het wat kwalik oorvertel kan word.

Die twee van hulle stap vroegaand met fakkels al op die rotslys langs na die !Kangrotto toe, die grot wat destyds die jonge bende se vergadersaal was. Hulle plaas die fakkels in die middel van die saal en neem stilswyend oorkant mekaar plaas.

Karel onthou daardie nag toe hy moes kyk hoe die bendelede in hierdie einste grot afskeid van mekaar moes neem. Die gesigte in die lig van 'n fakkel wat, soos nou, in die middel van die vergadersaal geflikker het: Bongi, Marli, Buks, Ansie,

Benner, Siti. En teen die grot se wande wat hulle omring, die rotstekeninge van !Bongi, !Marli, !Buks, !Benner, !Ansie, !Siti, eweneens in die flikker van die fakkellig geëts.

Hy onthou ook die oomblik toe die bende hul laaste seremoniële kreet gegee het, die seuns se gesigte stroef en die meisies se oë blink van die trane. En so, met tonge al klappende van hul verhemeltes af, het hulle daardie laaste kreet gegee: "!Kang's, !Kang's, !Kang's!"

Maar in sý ore, onthou Karel nou, het ander name van die grotwande af ge-eggo. "e!Kang's, e!Kang's, e!Kang's!"

"Waaraan dink jy, Karel?" hoor hy Siti vra.

Hy kyk op in haar donker oë en besef dat die flikkerlig van die fakkels die meisie van sy drome nóg mooier maak, asof dit enigsins moontlik is.

"Vra liewer waaraan dink ek nié," lag Karel. "Sê liewer waaraan jý dink, Siti?"

"Ek dink aan die jaar wat nou kom. Met my terug by UNICEF in Jemen en jy hier alleen op Kangoberg. Wens rêrig jy kan saam met my kom."

"Die jaar sal vinnig verbygaan, Siti, want ons gaan albei besig wees. Jy met die kinders en ek met my navorsing. Terwyl ek wag om Tukkies toe te gaan, volgende jaar."

"So, jy't nou finaal besluit? Omtrent jou navorsing oor kwantumverstrengeling?"

"Ja, ek het."

"Jy moet weer dink," lag Siti. "Jy met jou spookeffek het nou genoeg skade aangerig. En so gepraat, meneer, nou wil ek weet wat daar op

Robbeneiland gebeur het. Met e!Kraken. Een oomblik die mees gevreesde skepsel op aarde en die volgende oomblik die liefde vanself. Toe, vertel, ek wag."

Toe vertel Karel van nekarK!, die gedrog wat hy op koning Sverre van Noorweë se Viking gedrog gebaseer het, net soos wat DarkSpider met e!Kraken gedoen het.

"Toe ontwikkel ek nekarK!e, 'n energieveld wat, soos Sverre se mite, alles negatief nageboots het: angs, weerwraak, vyandigheid en haat.

"En toe die waagstuk. Ek verbind nekarK!e met e!Kraken via Oupa se program sPook en hoop dat kwantumverstrengeling die res sou doen: dat die twee partikels identies sou reageer, maar met teenoorgestelde spin."

"En daar hét sPook toe die res gedoen," sê Siti. "Soos wat liefde die teenoorgestelde van haat is. En weet jy wat, Karel? Ek dink nou aan Robbeneiland. Iets op daardie skip SafeHaven het ons daarheen gedryf, spesifiek daarheen, al die pad daar van Jemen af. Miskien weet ek nou wat dit was."

"Na Robbeneiland toe gedryf? Wat was dit, Siti?"

"Die einste spookeffek. Want daardie eiland is tog waar ons land se geskiedenis begin verander het. Toe wantroue en vyandigheid in vertroue en vrede begin verander het."

Karel dink lank voor hy antwoord. "Jy's reg, Siti! Kom ons hoop die spookeffek hou aan met werk, totdat ons land is waar ons moet wees. En weet jy waaraan dink ék nou?"

"Ja, ek weet. Ek dink ook nou daaraan. Aan daai reënboog, die inkvis se afskeidsboodskap aan ons, en al die mense van ons land."

Sal hy dit ooit vergeet, dink Karel. Toe hulle, na al die drama, met 'n helikopter vanaf die eiland opgestyg het, het hulle die nuwe inkstrepe wat die inkvis agtergelaat het, van bo af beskou. In plaas van swart, was die ink in kleure van die reënboog: violet, indigo, blou, groen, geel, oranje en rooi.

"Maar so van kwantumverstrengeling gepraat," onderbreek Siti sy gedagtes. "Kom ons kyk of hiérdie soort verstrengeling ook werk."

Sy kruip handeviervoet verby die twee fakkels en die volgende oomblik is haar lippe vas teen Karel s'n verstrengel. Daar en dan besef Karel ja, kwantum-verstrengeling werk, selfs in die geval van partikels met dieselfde spin.

G'n wonder die stomme Einstein kon dit nie begryp nie.

En toe noem die arme dude dit seker maar, uit blote onkunde, die spookeffek.

Voetnotas

Die kinders aan boord UNICEF se skip, die SafeHaven, het gevra om in Suid-Afrika aan te bly. Om deel van 'n reënboognasie te word.

Gegewe die skrikwekkende tempo waarteen KI (kunsmatige-intelligensie) groei en die potensiële gevare wat dit vir die mensdom inhou, het Karel al die e!Kang's, insluitende e!Kraken en nekarK!e, vernietig, asook sy oupa se programme tPort en sPook. Dis om te verhoed dat hierdie programmatuur op 'n manier in die toekoms met KI verstrengel raak. Hy sal later miskien weer aan iets soortgelyks werk, maar eers as hy Einstein se spookeffek ten volle verstaan. Wat natuurlik nie gou sal wees nie.

Topo, Benner en Winston is tronkstraf opgelê, onder andere weens hulle betrokkenheid in kinderhandel. Topo het, uit vrye wil, reeds daar vanuit die tronk aan 'n nuwe missie begin werk: om die Kraken-sindikaat die grootste organisasie ten bate van kinderbelange ter wêreld te maak.

Benner en Winston het boesemvriende geword en 'n nuwe superbende gestig. Een wat hom beywer om alle jeug-bendes, wêreldwyd, lid van die nuwe Kraken-sindikaat te maak. Maria, uiteindelik geheel en al vry van alle dwelms, het geesdriftig by die superbende aangesluit. En die naam van hierdie superbende? Die !Kang's natuurlik, wat anders?

Trompie en Annisa is getroud, Siti en Karel nog nie.

Karel het Siti van sy ontmoeting in Sverresborg met prinses Kristin vertel, maar toe kom hy eendag onverwags weer op daardie Walkure-halssnoer af, presies waar hy dit vroeër in sy laaikas versteek het. En dít kon hy aan niemand oorvertel nie, veral nie aan Siti nie.

Zelda het haar boek, SPOOKeFFEK, voltooi.

Zelda se boek het Topo geïnspireer om sy éie boek te skryf. 'n Lewensverhaal van 'n kind deur sy ma ontvoer omdat sy pa hom wou verkoop. 'n Kind wat later, gedryf deur weerwraak en haat, die gruwelike Kraken-sindikaat aangevoer het. Maar, skryf Topo in sy boek, met sy nuwe missie voor oë, wil hy terugkeer na die skuiling wat liefde bied. Soos daardie kombers waarin hy op sy ma se rug toegewikkel was, al die pad vanaf die Soedan tot in die land van heuning en melk.

Topo se boek het Karel weereens laat besef dat kwantumverstrengeling selfs binne die atome van menslike weefsel aangewend kan word. Sodat protone deurentyd botoon oor elektrone kan voer. Met ander woorde + bo − en liefde bo haat. Hierdie boek word dus aan álle lesers opgedra, ongeag die rigting waarin hul weefsels spin. + ? − ? ☺

Op 'n ernstiger noot: SPOOKeFFEK word aan die jongmense van Suid-Afrika opgedra.

Geagte Leser

Ons hoop dat u ons boek geniet het en dit boeiend gevind het. U terugvoer is baie belangrik vir ons en vir toekomstige lesers.

Ons sal dit baie waardeer as u 'n paar oomblikke kan neem om 'n resensie op Amazon te skryf. U mening help ander om ingeligte besluite te neem en dit help ons om beter te verstaan wat ons lesers waardeer.

Baie dankie vir u ondersteuning!

Vriendelike groete

Die Malherbe Span